韓國의 漢詩 9

蓀谷 李達 詩選

한국의 한시 9

손곡 이달 시선

허경진 옮김

평민사

나는 우리나라 시인 가운데 손곡 이달과 석주 권필을 가장 좋아한다. 이달의 시가 따스하게 무르녹았다면, 권필의 시는 서늘하게 날이 섰다. 이달은 정감의 시인이고, 권필은 기백의 시인이다. 신분제도가 엄격한 조선조 봉건사회에 서얼로 태어난 것부터가 그의 슬픈 생애를 운명지었지만, 그는 자유로운 시인으로 조선 천지를 돌아다녔다.

초당 허엽의 집안에선 그의 글재주와 사람됨을 받아들여 허균의 스승으로 삼았다. 워낙 자유분방한 허봉이었기에, 자기의 아우를 뒷날 영의정에까지 오른 유성룡에게 문장을 배우게 하고, 시인 이달에게선 시를 배우게 했던 것이다.

허균은 당대 명문 집안의 막내로 태어나 어려움을 모르고 자랐지만, 스승 이달의 비애를 몸으로 느끼고 뒷날 〈유재론(遺才論)〉과 〈손곡산인전〉《홍길동전》을 지어 서얼 차별 철폐를 부르짖었던 것이다.

밭 사이에서 이삭을 줍는 시골 아이나, 빗속에 나가 보리를 베어다 밥 짓는 아낙네, 세금과 부역에 밀려서 쫓겨 다니는 늙은이의 가련한 모습들이 그의 시 속에 나온다.

그런가 하면 십 년 넘게 한양을 드나들면서도 벼슬 하나 얻지 못해 뱃사공에게까지 핀잔 듣는 그의 모습이 풍자적으로 그려지기도 한다.

곁문이 굳게 닫혀 있는 친구의 집 고대광실 앞에서 그는 멍

하니 서서, 먼 데 하늘을 바라보기도 한다. 그렇지만 그는 자유스러운 시인이다. 변화무쌍하게 장쾌한 칼춤을 추는 만랑옹의 모습은 바로 어디에도 얽매이지 않는 그의 모습이기도 한 것이다. 이달의 시는 읽을수록 맛이 난다. 몇 년 더 읽다 보면, 다시 번역하게 될 것이다.

1989년 10월 30일
허경진

　손곡의 출생에 대하여는 예전부터 많은 이야기가 있었다. 그가 태어날 때에 홍주 고을의 진산인 백월산이 모두 말랐다는 전설이《송천필담》이나《홍주읍지》에 전한다. 그의 본관과 조상에 대하여 문제가 생긴 것은 제자인 허균이 기록한〈손곡산인전〉때문이다.

　허균은 이 글의 첫머리에서 "손곡산인 이달(李達)의 자는 익지이니, 쌍매당 이첨(李詹)의 후손이다"라고 밝혔다. 그런데 이첨은 신평 이씨이고 이달은 홍주 이씨이다. 홍주 이씨와 신평 이씨의 후대 족보에 다 실려 있어서 혼선이 생겼다. 허균은 고종사촌 누나가 신평 이씨 집안으로 시집갔으며 그 집안에 관해 글도 몇 편 썼으므로, 허균은 손곡을 만나기 전부터 신평 이씨 집안에 대해 웬만큼 잘 알고 있었다. 손곡은 허균을 만나기 전에 이미 그의 형 허봉과 친구처럼 사귀었으며, 처음 만났을 때에 자신을 홍주 이씨라고 소개하기보다는 대제학을 지낸 유명한 시인 쌍매당 이첨의 후손이라고 소개했을 것이다. 여러 가지 문헌의 정황으로 보면, 이달은 당연히 신평 이씨이다.

　현재 손곡의 무덤은 전해 오지 않으며, 홍성군청 공원과 원성군 부론면 손곡리 손곡초등학교 마당에 시비(詩碑)가 세워져 있는데, 이것은 그가 태어난 곳과 공부하던 곳을 기념하여 최근에 세운 것이다.

《손곡 이달 시선》을 처음 간행할 때에는 66편의 시를 옮겨 실었다. 그의 시는 물론 그보다 훨씬 더 많았지만, 역자의 취향에 따르다보니 그렇게 된 것이다. 그러나 이 책이 간행된 뒤에 여러분들로부터 손곡의 시를 더 읽고 싶다는 요청을 받았고, 그래서 몇 편을 더 보태어 재판을 내게 되었다. 물론 이번의 책이라고 해서 완전해진 것은 아니지만, 손곡을 소개하고 이해하는 데 조금이라도 도움이 되었으면 다행이겠다.

허경진

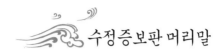# 수정증보판 머리말

1989년에 《손곡 이달 시선》을 낸 뒤에 독자들의 요청이 있어서 1년 뒤에 개정판을 내고, 몇 차례 다시 찍었다. 편집부에서 오랜만에 수정판을 낸다면서 편집본을 보내왔는데, 다시 살펴보니 그대로 내기가 부끄러웠다. 허균이 편집한 목판본 순서대로 번역하여 편집했던 것이 아니라, 내가 소장하던 필사본에 따라 오언절구부터 시작하여 칠언절구, 오언율시, 칠언율시, 고풍 순으로 편집했기 때문이다 그나마 머리말에서 그런 순서를 밝히지도 않았다.

이왕 수정판을 내는 김에 번역문의 순서를 목판본 《손곡시집》 6권의 순서대로 배열하고, 권별 표시를 하기로 했다. 권별로 편집하다보니, 예전에 번역하지 못한 시들의 빈 틈이 보여서 20여 편을 새로 번역하여 보탰다. 이렇게나마 독자들에게 손곡 이달의 시세계를 보여줄 수 있으면 다행이겠다.

2022년 5월 13일
허경진

차례

권 4 칠언사운 육언절구

손곡시집 밖에서 전하는 시

부록

권 1 고풍(古風)

蓀谷
李達

얼룩진 대나무에 원한이 맺혀

班竹怨

그 옛날 두 왕비가 순임금을 뒤쫓아
남쪽으로 상수까지 달려갔었지.
피눈물 흘러 상수의 대나무에 젖었으니
상수의 대나무는 아직까지도 피 얼룩졌네.
구의묘는 구름 속에 덮였고
창오산에는 해가 지는데,
두 왕비의 남은 한이 강물에 있어
도도히 흘러선 돌아오지 않네.

二妃昔追帝、　　　南奔湘水間。
有淚寄湘竹、　　　至今湘竹斑。
雲深九疑廟、　　　日落蒼梧山。
餘恨在江水、　　　滔滔去不還。

■
* 순임금이 순행하다가 창오산에서 죽자, 아황과 여영 두 왕비가 뒤쫓아 와
  서 피눈물을 흘리다가 상수에 몸을 던져 따라 죽었다고 한다. 구의묘는
  아황과 여영 두 왕비의 혼을 모신 사당이다.

채릉곡
采菱曲

남호에서 연밥 따는 여인이
날이면 날마다 호수로 오네.
얕은 물가에는 마름 열매 가득하고
깊은 연못에는 연잎이 드무네.
노 젓는 솜씨 익숙지 않아
물방울이 비단옷에 튀네.
무심결에 배를 돌리니
연잎 속 원앙새가 놀라서 날아가네.

南湖采蓮女、　　　日日湖中歸。
淺渚菱子滿、　　　深潭蓮葉稀。
蕩舟不慣手、　　　水濺越羅衣。
無心却回棹、　　　葉底鴛鴦飛。

고죽의 산장을 찾아와서

尋崔孤竹坡山庄

여러 달 만나지 못했기에
오늘 기쁘게 찾아왔네.
농가는 나무 아래에 있고
오이 덩굴이 가을 숲에 걸려 있네.
주인은 참으로 탈 없이 지낸다며
가난을 마음에 꺼리지 않네.
즐거운 낯빛으로 뜨락 풀 위에 앉아
나를 위해 거문고를 뜯어주네.
거문고 다하면 다시 헤어져야 하니
슬픔만 서러움만 가슴에 가득해라.

累月抱暌曠、　　及此喜相尋。
田廬樹木下、　　瓜蔓懸秋林。
主人固無恙、　　貧窶不嬰心。
怡然坐庭草、　　爲我奏鳴琴。
琴盡卽還別、　　悢悢恨彌襟。

밤 회포를 시로 읊다

夜懷詠韻

가을 밤 그대와 헤어지는데
하늘에는 지금 달도 없구나.
팔을 아홉 번 꺾어봐야 명의가 된다는데[1]
얼굴 부끄러움을 어찌 씻어보랴.
세상 살기엔 너무 고결한 것도 꺼려지니
회포가 까닭 없이 생겨나는구나.

秋夜與君別、　　　秋天適無月。
成醫臂九折、　　　面恥何曾雪。
處世忌太潔、　　　所懷無由發。

강선루

降仙樓次泥丸韻

달 밝아 이슬 하얗게 빛나고
밤 고요해서 가을 강은 깊어라.
신선 누각에서 한 잔 술에다
거문고 소리까지 맑아,
시절을 느낀 게 아니건만
내 마음 저절로 아파라.

月明露華白、　　夜靜秋江深。
仙閣一杯酒、　　泠泠三尺琴。
不是感時節、　　自然傷我心。

* 강선루는 평안도 성천 객관 서쪽 모퉁이에 있다. 비류강을 굽어보고 섰으며, 서쪽 언덕에는 기이한 봉우리가 병풍처럼 깎아 서 있다. '신선이 내려온 누각'이란 뜻이다.

양사언에게
淮陽府簡寄楊蓬萊

시월에 한양을 떠나
지금 강원도에 있네.
강원도엔 눈비가 많아
내일 출발 늦어질까 걱정이라네.
서로 그립지만 몇 겹이나 막혔기에
하룻밤 사이에 사람만 늙게 하네.

十月發漢陽、　　今在交州道。
交州雨雪多、　　明發恐不早。
相思隔重關、　　一夜令人老。

한석봉의 오송정을 읊다

詠韓石峯五松亭

우봉[1] 옛 고을 동쪽에
석봉이 지은 정자가 있네.
손수 심은 소나무 다섯 그루가
절로 도끼질에도 남아 있네.
서늘한 그늘은 수석에 흩어지고
가지와 줄기는 무성하구나.
주인은 두건 젖혀 쓰고 앉아서
휘파람을 길게 부네.
때로는 예(藝)에 노닐며
붓 잡고 도서(道書)를 베끼네.
산음의 도사 없으니
거위 바꿀[2] 생각을 어찌 하랴.

■

1) 황해도 금천 지역의 옛 지명인데, 고구려의 우잠군을 신라 때부터 우봉으로 불렀다. 고려 문종 때부터 개성부에 속했다가, 조선 초에 우봉현으로 승격했으며, 효종 때에 금천군 우봉면이 되었다. 석봉이 개성 사람이다.
2) 산음에 한 도사가 있었는데, 잘 생긴 거위를 길렀다. (왕)희지가 가서 보고 너무 좋아서, 꼭 사고 싶어했다. 그러자 도사가 "《도덕경(道德經)》을 써주면 거위 떼를 모두 주겠다"고 하였다. 희지가 기꺼이 써주고 거위를 농에 넣어 가져왔다. -《진서(晉書)》《왕희지전(王羲之傳)》. 그뒤부터 《황정경》이나 《도덕경》을 환아경(換鵝經), 명필 왕희지의 서법을 환아수(換鵝手), 왕희지의 서첩을 환아첩(換鵝帖)이라고 하였다.

차가운 소리가 벼루 상에서 일어나고
비취빛이 옷자락에 배어드네.
오연히 돌아갈 것도 잊고서
날 저물도록 고기잡이 나무꾼들과 친히 지내네.
길이 맺은 세한(歲寒)의 맹서
이 마음을 처음부터 저버리지 않으리.

牛峯古縣東、　　中有石峰居。
手植五株松、　　自然斧斤餘。
淸陰散水石、　　枝幹相扶疏。
主人岸巾坐、　　發嘯長而舒。
有時或遊藝、　　把筆寫道書。
山陰無羽客、　　換鵝知何如。
寒聲起硯几、　　翠色襲衣裾。
傲然澹忘歸、　　日夕狎樵漁。
永結歲寒盟、　　此心不負初。

권 2 가(歌)

蓀谷
李達

만랑옹의 춤을 노래하며

漫浪舞歌

기이하여라, 만랑옹이여. 바닷가 산 속
노을 속에 살며 달을 희롱하고 신비스런 생각은 구름 위를
나는 기러기 같아라.
흰 원숭이에게 검술을 배우고[1]
선동에게 춤을 배웠지.
봉래산에서 서왕모를 뵙고[2]
천풍을 타고 내려온 듯해라.
아름다운 자리 화려한 휘장, 그림으로 꾸민 집에
수놓은 옷, 금장식 띠, 비단옷까지 향그러워라.
봉이 피리를 불고 난새가 생황을 불어
만랑옹 춤추려 하자 신바람이 나네.
첫 박자에 손이 처음 올라갔다가
붕새 두 날개 들어 바다 물결을 내리치듯,
멀리 부요[3] 나뭇가지를 끌어당기려는 기세일세.

■

1) "흰 원숭이에게 검술을 배우고, 드디어 풍운의 뜻을 품었다." - 유신 〈우
   문성지명(宇文盛志銘)〉
2) 원문에는 금모(金母)인데, 금(金)은 서방(西方)이다. 한나라 때에 "푸른 치
   마를 입고 천문(天門)에 들어가, 금모(서왕모)를 뵙고 목공(木公)에게 절
   하네"라는 동요가 있었다. 〈습유기(拾遺記)〉
3) 동해에 있는 신목(神木)·운장(雲將)이 동쪽으로 유람하던 중, 부요 나뭇
   가지 아래를 지나다가 우연히 홍몽을 만났다. 《장자》〈재유〉편.

두 번째 박자에 소매를 휘두르니
갑작스런 우레와 번개가 푸른 하늘에 나르네.
세 번째 박자 네 번째 박자, 변전을 헤아릴 수 없어라.
용이 뛰어오르고 호랑이가 후려치며 서로 싸우네.
시위를 떠난 화살처럼 빠르고
틈새를 지나는 망아지처럼 빨라라.
앞으로 기울고 뒤고 거꾸러져 버티지 못할 듯이
좌로 돌았다가 우로 움츠려 서 있지 못할 듯이,
신처럼 나타났다 귀신처럼 사라져
언제 나타나고 사라지는지 때가 없어라.
벽력처럼 휘두르는 도끼, 비바람 소리까지 성났어라.
동해 바닷가 금강산 일만 이천 봉
멧부리 뛰어오르고 바위 골짜기 가파른데,
가장 높은 비로봉 공중에 꽂혔고
벼랑이 거꾸로 걸려 구룡을 감추었네.
만 척이나 매달려 흘러 바위벽을 씻어 내리고
바위 틈 삼백 구비마다 뿜어 나오네.
만랑옹이 이 모습 얻어 터럭까지도 가슴속에 옮겼으니
조화의 오묘한 솜씨 홀로 빼앗았구나.
마음 내키는 대로 긴 소매 너울거리며
자리 앞으로 향해 올 때면 천만 가지 모습일세.

마치 금강산과 함께 호장함을 다투는 듯,

기이하여라, 만랑옹이여.

혼탈무⁴⁾는 언제나 다할까.

공손대랑⁵⁾과 같은 시대에 태어나

칼춤으로 자웅을 겨루지 못한 게 한스러워라.

세상에 장전⁶⁾ 같은 시인 없으니

그 누가 기이한 글자를 배울 수 있으랴.

비록 공손대랑이 같은 시대에 태어났더라도

공손대랑이라고 반드시 더 낫지는 못하리라.

奇乎哉漫浪翁海山中。棲霞弄月神想雲鴻。說劍白
猿。學舞靑童。蓬山謁金母、却下乘天風。瓊筵寶幄

■

4) 검은 양털로 만든 모자가 혼탈인데, 장손무기가 혼탈 모자를 만들어 쓰자,
   많은 사람들이 본떴다. 당나라 중종 때에 혼탈무가 유행했다.
5) 당나라 개원(開元, 현종 때의 연호, 713~741) 때의 교방 기생, 특히 칼춤을
   잘 추었다. 장욱이 초서를 잘 썼는데, 그의 칼춤을 보고 그 글씨가 더 나아
   졌다고 한다.
6) 당나라 현종 때의 시인이자 서예가. 강소성 소주 오현 사람. 본명은 장욱
   (張旭)이고, 자는 백고(伯高)다. 초서를 잘 써 서성(書聖)이라는 칭호를 받
   았으며, 시성 두보가 읊었던 음중팔선(飮中八仙)의 한 사람이다. 머리털
   에 먹물을 머금고 글을 썼기에, 세상 사람들이 그를 장전(張顚)이라고 불
   렀다.

做畫堂。繡衫鈿帶羅衣香。鳳吹簫兮鸞鼓簧。翁欲舞
神飄揚。一拍手始舉、鵬騫兩翼擊海浪。遠控扶搖
勢。再拍衫袖旋。驚雷急電飛青天。三拍四拍變轉不
可測、龍騰虎攫相奮搏。倏若箭離弦。疾如駒過隙、
前傾後倒若不支。左盤右躄如不持。神之出兮鬼之
沒、出沒無時。霹靂揮斧。風雨聲怒、東海上金剛一
萬二千多少峯。丘巒騰躑。巖壑寵從。最高毗盧峯
揷空。層厓倒掛藏九龍。懸流萬尺洗玉壁、噴石三百
曲。此翁得之毫髮盡移胸中。獨奪造化妙、長袖蹁躚
性所好、向來筵前千萬狀。會與此山爭豪壯。奇乎哉
漫浪翁。渾脫何時窮。恨不與公孫大娘生同時。舞劍
器決雌雄。世上無張顛。誰能學奇字。縱使公孫大娘
生同時。公孫大娘未必能勝此。

백상루

百祥樓

백상루가 강물에 임했는데
강물은 유유히 흘러 쉬지를 않네.
밀물이 들어오면 강가가 잠기고
썰물이 빠지면 나무들이 드러나네.
밀물 들고 썰물 빠질 때 다락에 기대 서니
멀리 물가가 아득한데 강에 해가 저무네.

百祥樓臨江水、　　　　　江水悠悠來不已。
潮來沒江渚、　　　　　　潮落露江樹。
潮生潮落倚樓時、　　　　遠渚蒼蒼江日暮。

관산월[1]

關山月

관산의 달.
관산에 달이 솟아 서울[2]을 비춰주네.
낭군께선 멀리 서울 길을 떠났으니
어느 곳 다락에 올라 밝은 달을 보시는지.
낭군께선 마음이 있고 내게는 정이 있네.
나 홀로 낭군 따라 천리 길 떠나려니
그리운 생각에 눈물만 흐르네.

關山月、　　　　　　　月出關山照秦京。
郎君遠向秦京道、　　何處登樓見月。
郎有心妾有情、　獨自隨君千里行、　長相思淚縱。

■
1) 악곡의 제목인데, 이별을 슬퍼하는 내용이다.
2) 진경(秦京)은 진나라 도읍인데, 여기서 진(秦)은 중국의 통칭이다.

한은 끝없어라
三五七言

우물가엔 오동나무
술병은 비었는데,
먼 하늘엔 밝은 달 나타나고
높은 다락엔 밤바람이 일어나네.
낭군께서 혼자 장안으로 가신 뒤엔
방초가 해마다 피어도 내 한은 끝없어라.

金井桐、　　　　　　玉壺空。
遠天出明月、　　　　高樓生夜風。
郎君獨向長安道、　　芳草年年恨不窮。

권 3 오언율시

蓀谷
李達

황폐한 절을 지나며

經廢寺

이 절은 어느 옛날에 황폐했는지
문 앞 소나무 오솔길이 깊숙해라.
습기에 비석 글자는 문드러지고
비가 새어 불상의 금박도 벗겨졌네.
옛 우물은 낙엽으로 메꾸어졌고
그늘진 뜨락엔 저녁 새만 내리네.
그렇다고 슬퍼할 건 못 되지,
인간세상 몇 번이나 스러졌던가.

此寺何年廢、　　門前松逕深。
嵐蒸碑毀字、　　雨漏佛渝金。
古井塡秋葉、　　陰庭下夕禽。
不須興慨感、　　人世幾消沉。

동쪽 누각의 매화를 찾아서

東閣尋梅

동쪽 누각의 매화를 찾아가는 길
싸늘한 향기 이는 곳 외롭구나.
두어 가지 성긴 그림자 쓸쓸하고
늙은 나무는 반쯤 말라 비틀어졌네.
아름다운 이에게 주고 싶지만
이 맑은 밤에 사라져 버릴 것 같아,
깊이 읊조리며 우두커니 서 있노라니
조각달은 성 모퉁이로 숨네.

東閣尋梅迳、	寒香生處孤。
數枝疏影苦、	老樹半身枯。
欲爲美人贈、	其如淸夜徂。
沈吟佇立久、	片月隱城隅。

■

* 동각(東閣)은 원래 땅이름인데, 중국 사천성 간양현 동쪽에 있다. 두보가
  지은 시 가운데 "동각 궁중의 매화가 시흥을 일으키네[東閣宮梅動詩興]."
  라는 구절이 있다. 이후 '동각심매(東閣尋梅)'는 시와 그림의 주제로 많이
  쓰였다.

단천에서 중양절을 맞으며

端川九日

삭풍 불어 모랫가에 느릅나무 다 떨어지고
강가 관문에는 길이 비탈졌어라.
나그네 길에 중양절 맞아
말 위에서 노란 국화를 꺾어보네.
낯선 곳 떠도느라 일정한 거처 없어
좋은 날 맞으면 고향집 더욱 생각나라.
외로운 변성을 아득히 바라보니
구슬픈 호드기 소리에 성의 나무들 감추어지네.

朔吹沙楡落、　　河關驛路斜。
客中逢九日、　　上馬折黃花。
飄梗無常處、　　良辰倍憶家。
遙遙望孤戍、　　城樹憶悲笳。

영월 가는길
寧越道中

시름 품고서 나그네 멀리 다니다보니
천 봉우리에 길이 험난하구나.
봄바람에 들려오는 두견 울음 괴롭고
서녘 해에 노릉[1]은 차가워라.
고을은 산성과 이어지고
나루 정자는 물가를 눌러 섰는데,
타향에도 또한 봄빛이라
어느 곳에서 만단 시름을 다스려 볼거나.

懷緒客行遠、　　千峰道路難。
東風蜀魄苦、　　西日魯陵寒。
郡邑連山郭、　　津亭壓水闌。
他鄉亦春色、　　何處整憂端。

■

1) 단종(端宗, 1441-1457)은 1455년에 숙부 수양대군에게 왕위를 넘겨주
고 상왕이 되었다가, 사육신의 복위계획이 실패하자 1457년 6월에 노산
군(魯山君)으로 강등된 뒤에 영월로 유배되었다. 9월에 숙부 금성대군의
복위계획이 발각되자 서인으로 강등되었다가, 10월에 죽었다. 영월호장
엄흥도가 관을 마련해 몰래 장사지냈는데, 선조시대에 김성일·정철 등의
장계에 따라 능 형태를 갖추고 비석을 세웠으며, 흔히 노릉(魯陵)이라고
했다. 숙종 때인 1698년에 추복하여 묘호를 단종이라 하고, 능호를 장릉
(莊陵)이라고 했다.

공주에서 송정옥을 만나

公山逢宋廷玉

왜놈들의 난리가 몇 해나 되었건만
싸움이 아직도 한양에 가득하다니,
가까운 사람들을 모두 잃어서
살았는지 죽었는지도 물을 수가 없구려.
해질녘에 임 가신 곳 바라보다가
봄바람에 고향으로 마음 보낸다오.
난리통에 그대 술을 받아 마시니
눈물이 흘러 옷깃을 적실 것만 같구려.

寇盜經年歲、　　兵戈滿漢陽。
所親皆喪亂、　　不敢問存亡。
西日瞻行殿、　　東風入故鄕。
時危對君酌、　　涕淚欲沾裳。

저녁이 되기도 전에
不夕

호랑이 표범 막느라 걱정 많아서
저녁이 되기도 전에 사립을 닫는다네.
창 열고 밤 사이 내린 눈 보고
들창으로 아침 햇살을 받아들이네.
어린 딸은 찬 샘물을 길어오고
가난한 아내는 콩죽을 맛보네.
떠돌아다닌 지 오랬다고 탄식 말게나
머무는 곳이 바로 고향인 것을.

不夕柴荊掩、　　多虞虎豹防。
拓窓看夜雪、　　自牖納朝陽。
稚女寒泉汲、　　貧妻豆粥嘗。
莫嗟流落久、　　寓地卽爲鄕。

허균에게

夜坐贈許端甫

나그네의 시름은 가을을 맞아 더하고,
고향 그리는 마음은 밤이 되면서 더 깊어지네.
어둠 속의 귀뚜라미는 벽 가까이서 울고,
차가운 이슬방울은 성긴 숲속으로 떨어지네.
서울길에 나그네 된 지도 벌써 오래인데,
산과 바다에 노닐자던 마음만은 아직도 잊을 수 없네.
향을 사르며 앉아 잠도 이루지 못하노라니,
궁궐의 물시계 소리 따라, 밤만 더욱 깊어간다네.

旅病逢秋甚、　　鄕愁到夜深。
暗蛩啼近壁、　　涼露墮疏林。
久作洛陽客、　　未忘江海心。
焚香坐不寐、　　宮漏更沈沈。

밤중에 앉아서 생각하다
夜坐有懷

평안도로 떠돌아다닌 지 오래 되었건만
올봄에도 고향에 돌아가지 못하네.
나그네 잠자리엔 걱정 근심만이 밀려와서
꿈속에도 고향산에 가보지를 못했네.
세상이 전쟁 속에 어지러워
나의 생애를 길바닥에서 보내고 있으니,
한 줄기 달빛이 창문으로 들어와
밤마다 지친 얼굴을 비춰줄 뿐이네.

流落關西久、　　　今春且未還。
有愁來客枕、　　　無夢到鄕山。
時事干戈裏、　　　生涯道路間。
殷勤一窓月、　　　夜夜照衰顔。

차운하여 민진사에게 부치다
次韻寄閔進士

강가 나무에다 집을 얽어 세워
발을 걷으면 포구 모래밭이 보이네.
먼 산엔 맑은 구름이 일어나고
가까운 강물은 저녁 되며 차가워라.
하늘이 넓어 나는 새를 보고
사람은 한가로워 지는 꽃잎을 세네.
주막집 푸른 깃발이 고기잡이 집에 내걸렸으니
막걸리도 외상으로 마실 수 있겠지.

結構連江樹、　　　開簾對浦沙。
遠山晴靄起、　　　近水暮寒多。
天闊看飛鳥、　　　人閑數落花。
靑市出漁戶、　　　村酒可能賒。

병마절도사 유형에게

呈柳摠戎

만나볼 날 언젠가 있겠지마는
얼마나 오래 두고 그리워해야 하겠소?
숲속에 남은 더위 물리고 나니
뜨락 구석에서 가을 벌레만 슬피 운다오.
오랜 병 끝에 가난만 언제나 남아
집도 없는 살림살이 여러 해가 바뀌었소.
그대처럼 날 아끼는 분이 아니라면
그 누구에게 넋두리를 감히 하겠소.

相見自有日、　　相思知幾時。
樹間殘暑退、　　庭際候虫悲。
久病貧常在、　　無家歲屢移。
非君愛我意、　　誰敢語支離。

* 유형(柳珩: 1566~1615)의 자는 사온(士溫)이고 호는 석담(石潭)이다. 임
  진왜란 때에 의병장 김천일의 휘하에서 활동하다가 1594년에 무과에 급
  제하였다. 1597년 정유재란 때에 통제사 이순신의 막료로 노량해전에서
  싸웠으며 1601년에 삼도수군통제사가 되었다. 고죽 최경창의 외오촌조
  카라서 손곡과 가깝게 지내며, 시를 배웠다. 특히 손곡의 말년에 황해도
  병마절도사로 있으면서 많은 교유가 있었으며, 손곡이 죽은 뒤에《서담집
  (西潭集)》이라는 이름으로 손곡의 시집을 간행해 주었다.

46

양사언에게
上楊明府

나그네가 길 떠나고 머무는 것은
집 주인의 얼굴빛에 달려 있노라.
오늘 아침에 보니 환한 빛이 없어졌길래,
내 살던 옛집과 노닐던 푸른 산을 생각해 냈지.
노나라에서는 거위를 대접했고,
남쪽에서 돌아오던 날 마원은 율무를 가져왔었네.

■

* 손곡은 젊어서부터 기방(妓房)의 여자들에게 너무 빠져 버렸다. 그의 재
주를 시기하는 사람들이 따라서 "성선(聖善)을 기다리지 않고 품행이 단
정치 못하다"고 그를 놀려대었지만, 손곡은 하나도 두려워하지를 않았다.
양봉래(梁蓬萊)[1]가 명주(溟洲)를 다스리고 있을 때에 손곡을 스승의 예우
로써 모셨는데, 그를 미워하는 사람들이 돌아가신 나의 아버님께[2] 나쁘
게 말을 옮겨 주었다. 아버님이 편지를 봉래에게 보내어 그를 다른 곳으
로 보내 버리라고 권고하였으므로, 봉래가 답장을 보내왔다.

> 오동나무 꽃잎은 밤비에 떨어지고
> 바다 나무들 위에는 봄 구름만 떠 있데.
> 桐花夜雨落、   海樹春雲空。

라는 시구를 지은 이달에게 만약 소홀한 대접을 한다면, 진왕(陳王)이 응
소(應劭)와 유정(劉楨)을 처음 잃어버린 경우와 그 무엇이 다르겠습니까?

그 뒤에도 또한 여러 번이나 제대로 대접을 하지 않았으므로 손곡은 시를
지어 주면서 헤어지려고 했다. (…위의 시…)
봉래는 깜짝 놀라서 후회하고는, 곧 예전과 같이 그를 모셨다. - 허균《학
산초담》

가을바람이 부니 이 한 몸 소진은
또 나서노라, 목릉의 관문을.

行子去留際、　　　主人眉睫間。
今朝失黃氣、　　　未久憶靑山。
魯國爰鷗饗、　　　征南薏苡還。
秋風蘇季子、　　　又出穆陵關。

1) 봉래의 이름은 사언(士彦)이고 자는 응빙(應聘)이다. 청주 사람인데, 벼슬
   은 부사였다.
2) 돌아가신 아버님의 휘는 업(曄)이고, 자는 태휘(太輝)이다. 호는 초당(草
   堂)이고 벼슬은 부제학이었다.
** 《손곡시집》에는 '옛집(舊宇)'이 '곧(未久)'로 되어 있고, '거(居)'는 '거
   (鷗)'로, '남정(南征)'은 '정남(征南)'으로 되어 있다.

호숫가 절에서 스님의 시축에 있는 최경창과 백광훈의 시를 보고 서글픈 마음에 시를 지어 주다

湖寺見僧軸有崔白詩 愴懷有贈

성을 나오고 강물을 건너
젊을 적엔 자주 오갔지.
언제나 최 백 그대들과 함께
절간에서 시 짓는 재주를 시험했지.
옛 친구들은 모두 죽고
흐르는 세월은 차례를 재촉하는데,
기둥에 오래 기대어 생각하노라니
서산의 해가 생대를 내려가누나.

出郭渡江少、　　水年多往來。
每携崔白輩、　　僧院課詩才。
舊友凋零盡、　　流年次第催。
沈吟倚柱久、　　西日下生臺。

부여를 지나가다가

過扶餘有懷

성과 연못이 변하여 큰 숲이 되고
궁궐 담장자리엔 고을이 들어섰네.
산과 강이 온갖 전쟁 다 겪은 뒤에
울과 담만 몇 마을에 남아 있구나.
옛 언덕의 비석은 글자가 다 망가졌고
묵은 밭의 흙줄기는 맥이 풀렸네.
성충의 무덤은 어디 있는지,
말 세워 놓고 나 혼자 흐느끼네.

喬木城池變、　　官墻縣邑居。
山河百戰後、　　籬落幾村餘。
古岸碑文毀、　　荒田土脈疏。
成忠墓何在、　　駐馬獨欷歔。

도천사 명월료에서
宿道泉寺明月寮

범종이 울자 스님은 절간으로 돌아오고
나그네는 찻상에 자리를 잡네.
비인 산엔 밝은 달이 가득 비추고
깊은 밤이라 소쩍새까지 우네.
은은하게 들려오는 방울 소리
서늘한 물소리는 석계를 흘러가네.
옷깃을 헤치고 거친 섬돌을 걸으니
풀잎의 이슬이 차갑게 젖어드네.

鍾梵僧歸院、　　茶床客定棲。
空山明月滿、　　深夜子規啼。
隱隱來金鐸、　　冷冷送石溪。
披衣步荒砌、　　草露濕凄凄。

남원에 이르러 태수께

到帶方府示府伯

동쪽 땅에 있던 가난한 살림 그만두고
남쪽 고을까지 멀리 노닐러 왔소.
봄 그늘이 들녘 숲에 드리우고
저녁 날빛은 성루로 올라가는데,
세상에 나서려 해도 어려운 일만 생기고
먹고 살기나 하려 해도 좋은 생각이 없다오.
그 누가 내게 한 말 술을 보내와
고향 떠난 이 시름을 풀게 할 수 있을는지.

東土辭貧業、　　南鄕作遠遊。
春陰垂野樹、　　暮色上城樓。
行世有難策、　　在生無善謀。
誰能一斗酒、　　送我寫離愁。

■
* 대방은 전라도 남원의 옛 이름이다. 강원도 원주 손곡에 묻혀 살던 이달
　이 남원으로 놀러 가서 지은 시다.

답청일에 좌망에게 지어 보이다

踏靑日示坐忘

오랜 병중에 아름다운 철을 만나
높은 다락에서 개인 저녁 하늘을 마주했네.
한가로운 구름은 산 그림자를 건너고
아름다운 새는 먼 숲에서 우는데,
외진 곳이지만 오히려 환히 드넓고
급히 흐르던 강물도 다시 잔잔해지네.
서울을 바라다봐도 보이지 않아
때때로 두보의 〈여인행(麗人行)〉[1]을 읊조리네.

久病逢佳節、	高樓對晚晴。
閑雲度峯影、	好鳥隔林聲。
地勢偏猶敞、	江流遠復平。
長安不可望、	時詠麗人行。

■
* 춘분에서 15일째 되는 청명일에 교외로 나가 놀았다.
1) 양귀비의 호화로운 생활을 노래한 시.

권 4 칠언사운 육언절구

蓀谷
李達

연상인의 시축에 쓰다

題衍上人軸

호숫가에 노를 멈추고 잠시 흐르노라니,
물 언덕 비탈 위로 버들 늘어져 있네.
병든 나그네의 외로운 배는 밝은 달빛 속에 있고,
늙은 스님의 그윽한 절간엔 떨어지는 꽃잎이 많구나.
돌아가고 싶은 마음 아득히 향그런 풀밭 널려 있지만,
고향길은 멀고도 멀어 물결 저 너머에 있네.
홀로 앉아 구름바다 저 멀리 갈 길을 생각하노라니
해질 무렵 갈까마귀 울음소리는 차마 듣기 어려워라.

東湖停棹暫經過。　　楊柳悠悠水岸斜。
病客孤舟明月在、　　老僧深院落花多。
歸心黯黯連芳草、　　鄕路迢迢隔遠波。
獨坐計程雲海外、　　不堪西日聽啼鴉。

개성에서 옛날을 생각하며
松京懷古

닭 잡고 오리 묶어[1] 이 땅을 통일했건만
오백년의 고려 왕기 이제는 거두어졌네.
천명이 돌아가니 운수 면하기 어려웠지.
인심이 모여드니 어찌 계획이 없겠는가.
수창궁 앞 행차길엔 가을 풀만 우거지고
만월대 밑 공치던 뜨락엔 저녁 소가 놓였구나.
궁 안 도랑 남쪽 물만 옛날처럼 남아 있어
지금도 목이 메어 찬 물결을 흘려보내네.

■

1) 이해 3월에 객상(客商) 왕창근(王昌瑾)이 당나라에서 와 저잣거리의 가게
에 있었는데, 문득 저자 안에서 어떤 사람을 만났다… 오른손에 헌 거울
을 쥐고서 창근에게 말하기를, "내 거울을 사겠느냐?" 하므로, 창근이 쌀
을 주고 거울을 사서 시장 담벼락에 걸어 놓았다. 거울에 햇빛이 비치자
은은히 가느다란 글자가 드러나 읽을 수 있었는데 그 대략에, "삼수중(三
水中) 사유하(四維下) 상제(上帝)가 아들을 진(辰)·마(馬)에 내려 보내어
먼저 계(鷄)를 잡고 뒤에 압(鴨)을 칠 것이다. 사년(巳年) 안에 두 용이 나
타나 한 용은 청목(靑木) 속에 몸을 감추고 한 용은 흑금(黑金) 동쪽에 형
상을 나타내어, 성함을 보이기도 하고 쇠함을 보이기도 하는데 하나가 성
하고 하나가 쇠하면 나쁜 진재(塵滓)를 없앨 것이다." 하였다. 창근이 처
음에는 글이 있는 줄을 알지 못하였다가 이를 보고는 예사로운 것이 아
니라 여기고 궁예에게 바쳤다… 궁예가 감탄하고 기이하게 여겨 문인(文
人) 송함홍(宋含弘)·백탁(白卓)·허원(許原) 등을 시켜 이를 해석하게 하
였다. 함홍 등이 말하기를, "삼수중 사유하 상제가 아들을 진·마에 내려

操鷄搏鴨盡靑丘。　　五百年來王氣收。
天命有歸難免數、　　人心思會豈無謀。
宮前輦路生秋草、　　亭下毬庭放夕牛。
唯有御溝南畔水、　　至今嗚咽送寒流。

　■
　섰다는 것은 진한(辰韓)·마한(馬韓)이요, 사년에 두 용이 나타나 한 용은
청목 중에 몸을 감추고 한 용은 흑금 동쪽에 형상을 나타낸다 한 것은, 청
목은 송(松)이니 송악군(松嶽郡) 사람으로 용(龍) 자 이름을 가진 사람의
자손이 왕이 될 것을 이른 것이다. 왕시중(王侍中)이 왕후(王侯)의 상(相)
이 있으니, 이분을 두고 한 말일 것이다. 흑금은 철(鐵)이니 지금 도읍한
철원(鐵圓, 철원(鐵原))을 이름이다. 지금의 임금이 처음 이곳에서 성하였
는데 아마 마침내 이곳에서 멸망할 것인가 보다. 먼저 계를 잡고 뒤에 압
을 친다는 것은 왕시중이 나라를 다스리게 된 뒤에 먼저 계림(鷄林 신라)
을 얻고 뒤에 압록강까지 수복한다는 뜻이다.” 하였다. 세 사람이 서로 말
하기를, “왕이 시기하여 사람 죽이기를 좋아하니, 만약 사실대로 아뢰면
왕시중이 반드시 해를 입게 될 것이며, 우리들 역시 화를 면하지 못할 것
이다.” 하고는, 이윽고 거짓으로 꾸며서 고하였다.《고려사절요(高麗史節
要)》권1〈태조(太祖) 무인 원년(918)〉

허전한[1]에게 안부를 보내다

寄問許典翰

갑산 서북은 음산[2]과 닿았는데
험한 길에 구름 걸려 올라갈 수가 없네.
유배객이 길에 어느 날에야 이를건가
집에 편지를 이따금 부쳐도 해 넘겨 돌아가네.
도두[3] 소리만 들리는 성가퀴 속은
날다람쥐 담비만 나무 사이로 보인다지.
태평성대에 어찌 재자(才子)를 끝내 버리랴
서른에 귀밑머리를 세게 하지 마소.

甲山西北接陰山。   鳥道懸雲不可攀。
遷客此行何日到、   家書時寄隔年還。
長聞刀斗城塊裏、   但見鼺貂樹木間。
聖代豈終才子棄、   莫敎三十鬢成斑。

■
1) 전한(典翰) 벼슬을 하다가 갑산으로 귀양간 친구 허봉(許篈)을 가리킨다.
2) 중국 북방 흉노의 땅이다.
3) 구리로 만든 말[斗] 모양의 자루가 달린 그릇이다. 군중(軍中)에서 낮에는
   밥 짓는 그릇으로 쓰고, 밤에는 두드려 야경(夜警)의 신호로 삼았다. 조두
   (刁斗)라고도 한다.

사암[1] 상공께 올리다

上思菴相公

청산과 황각은 서로 떨어져 있어
도처에서 만나는 것도 또한 한때지요.
임학(林壑)을 이전부터 계획하셨는데
묘당 위에서 다시금 무엇을 하시렵니까.
연못에 비 지나도 용은 길이 잠들고
솔 아래 구름이 와도 학은 모릅니다.
오륙년 사이에 기사(機事)를 다 버렸으니
모래밭 갈매기 가까이해도 의심치 않습니다.[2]

靑山黃閣兩支離。   到處相逢亦一時。
林壑以前曾有計、   廟堂之上更何爲。
潭心雨過龍長睡、   松下雲來鶴不知。
五六年間機事盡、   近沙鷗鳥莫相疑。

■

1) 사암은 삼당시인에게 당시(唐詩)를 가르친 박순(朴淳, 1523~1589)의 호
   이다. 화담 서경덕의 문인이며, 영의정을 지냈다.
2) 바닷가에 갈매기를 좋아하는 사람이 살고 있었다. 매일 아침 바닷가에
   나가서 갈매기들과 같이 놀았는데, 놀러 오는 갈매기가 백 마리도 넘었
   다. 어느날 그의 아버지가 말했다. "내가 들으니 갈매기가 모두 너와 더불
   어 논다는구나. 네가 한 마리만 잡아 오너라. 내 그걸 갖고 장난하고 싶으
   니." 그 다음날 바닷가에 나가 보니 갈매기들은 하늘에서 맴돌 뿐, 내려오
   지 않았다. -《열자(列子)》〈황제〉. 남을 해치려는 마음이 바로 기심(機心)
   이다.

풀려난 뒤에 하곡[1]에게 부치다

放赦後寄荷谷

오색 난서(鸞書)를 붉은 구름에 내리셨으니
가을 되며 유배객도 기러기 무리 되었네.
살아 옛 마을에 돌아오니 전원은 황폐해져
새 무덤에 눈물로 절하며 나무와 풀을 베네.
외로운 달 새벽 산을 근심스레 바라보며
구천의 선루(仙漏)는 꿈속에서 듣네.
어느 때에야 삼청 길을 즐겁게 향해
다시 동황태일군[2]을 받들런지요.

五色鸞書下紫雲。　　秋來遷客雁爲群。
生還古里田園廢、　　泣拜新阡草樹分。
孤月曉山愁裏對、　　九天仙漏夢中聞。
何時好向三淸路、　　更奉東皇太一君。

---

1) 하곡은 허균의 형 허봉(許篈, 1551∼1588)의 호인데, 병조판서 이이의 직
   무상 과실을 탄핵하여 갑산에 유배되었다가 1585년에 풀려났다.
2) 도가(道家)의 신인데, 초나라 동쪽에 사당을 세우고 동제(東帝)로 모시므
   로 동황(東皇)이라고도 한다. 봄의 신이다.

가까이 있어도 만날 수 없어라
上月汀亞相

나그네 이불은 가을 기운 속에 밤 들며 더욱 차가워지는데
그윽한 집에 반딧불 몇 마리가 쓸쓸하게 넘나드네.
밝은 달빛은 뜨락 가득 서늘한 이슬에 젖고,
푸른 하늘은 강물 같아 은하수 아득해라.

■
* 명나라 사람의 시 가운데 손곡은 하중묵(何仲黙)을 으뜸으로 치고, 작은
형님은 이헌길(李獻吉)을 가장 위에 놓았다. 월정(月汀)은 이우린(李于麟)
이 앞의 두 사람보다 뛰어나다고 하였으니, 그 낫고 못함을 정할 수가 없
었다. 봉주(鳳洲)가 이렇게 말했다.
"그 가락이 헌길은 높고 중묵은 시원하며 우린은 커서, 또한 누가 으뜸이
고 누가 그 다음인지 말할 수가 없다."
익지가 일찍이 율시 하나를 꺼내어, 그에게 보여주며 말했다. "이것은 알
려지지 않은 중묵의 시이다." 그가 처음에는 참인지 거짓인지 깨닫지 못
하다가, 곧 말했다. "이 시는 아주 맑으니, 그의 율시를 고르는 사람이 마
땅히 빠트리지 않을 것이다. 이것은 반드시 그대가 본떠 지은 작품이다."
익지는 자기도 모르는 사이에 입 안에서 웃고 있었다. 그 시는 이렇다. (시
줄임)
글의 짜임새와 그 말투가 하대복(何大復)과 아주 비슷하다. 안목이 있는
사람이라도 또한 가려내기가 쉽지 않다. 이 시는 곧 월정에게 지어준 작
품이다.
월정(月汀)의 이름은 근수(根壽), 자는 자고(子固), 해평인(海平人)이다.
벼슬은 예조판서이고 시호는 문정(文貞)이다. - 허균《학산초담》
윤근수(尹根壽, 1537-1616)는 종계(宗系)를 변무(辨誣)한 공으로 광국공
신(光國功臣) 1등에 해평부원군(海平府院君)으로 봉해졌으며, 1604년 호
성공신(扈聖功臣) 2등에 봉해졌다. 벼슬은 좌찬성까지 올랐으며, 저서에
《사서토석(四書吐釋)》등이 있다.

집 떠난 사람의 꿈은 끊어져 산 너머 산 겹겹이 막혔는데,
궁궐 물시계 소리는 열두 다리에 남아 있구나.
가까운 곳에 계신 노정승을 다시 생각하지만,
고귀한 집 앞의 행마는 구름과 하늘 저 너머 있네.

客衾秋氣夜迢迢。　　深屋流螢度寂寥。
明月滿庭涼露濕、　　碧天如水絳河遙。
離人夢斷千重嶺、　　禁漏聲殘十二橋。
咫尺更懷東閣老、　　貴門行馬隔雲霄。

나그네 시름

客懷

이 몸이 어찌 다시 동서를 따지랴
뿌리 뽑힌 쑥처럼 여기저기 떠돌아다니네.
한 집 살던 친지들 모두 다 흩어진 뒤에
타향에서 새해를 난리 중에 맞이하네.
돌아가는 기러기는 천봉 눈 위로 그림자 지고
스러지는 호각 소리는 새벽바람을 타고 날리는데,
성문 바깥 길은 물길 구름속 서글퍼서
꽃다운 풀 볼수록 고향생각 끝없어라.

此身那復計西東。　　　到處悠悠逐轉蓬。
同舍故人流落後、　　　異鄉新歲亂離中。
歸鴻影度千峯雪、　　　殘角聲飛五夜風。
惆悵水雲關外路、　　　漸看芳草思無窮。

묵은 시를 고치다가

寄安州牧使金德誠

작년 가지에서 올해도 꽃이 피네.
청명이 지나자 늙은 게 더욱 서글퍼라.
봄비 뒤라서 객사에는 새소리 더욱 맑고
저녁노을 아지랑이 산을 덮었네.
오솔길 찾아나서 새 풀섶 헤치다
누워서 앞산 보며 묵은 시를 고치네.
바다 같은 사또의 은덕 없었더라면
이 몸이 어찌 이런 즐거움 누리랴.

今年花發去年枝。　　節過淸明老更悲。
深院鳥聲春雨後、　　亂山嵐氣夕陽時。
行尋小逕披新草、　　臥看前山改舊詩。
不有使君恩似海、　　此身那得久於斯。

새재를 넘다가 두견 울음을 듣고서

過鳥嶺聞杜鵑有感

고개는 아득한데다 물소리까지 슬프기만 해서
나그네 남쪽으로 가려니 말 걸음도 느리기만 하네.
집 떠나 참으로 내 고향 그리웠으니
골짜기 들어와 두견 울음 차마 들을 수 있으랴.
어느 산에서 구름 일어나는지 알 수 없는데다
달까지 질 무렵 두견 소리는 더욱 괴로워라.
두보가 끝없이 가슴 아프던 시절
부주에 이르러 특별히 시를 지었었지.

隴坂漫漫隴水悲。　　旅人南去馬行遲。
辭家正欲懷吾土、　　入峽那堪聽子規。
千嶂不分雲起處、　　數聲猶苦月沈時。
杜陵無限傷心事、　　直到涪州別有詩。

백마강에서 옛날을 생각하며

白馬江懷古

백제의 흥망은 세월 벌써 아득해
먼 구름과 지는 햇볕 속엔 고기잡이와 나무꾼뿐일세.
산과 강의 그 패기는 모두 스러지고
시끌거리던 관청과 시장은 이제 적막해라.
궁전에서 임금님이 거나했을 저녁인데
아랫강엔 비바람 속에 조수만 가득 밀려드네.
용이 백마를 탐내어 천년 한이 되었건만
저 물가의 풀과 꽃들은 아무것도 모르겠지.

百濟興亡歲月遙。　　斷雲殘照見漁樵。
山河霸氣全消歇、　　朝市餘聲已寂寥。
正殿君王驕醉夕、　　下江風雨滿歸潮。
龍貪白馬千年恨、　　汀草汀花未解嘲。

남원 광한루에서
龍城次五峯韻 2

맑은 시냇가엔 비가 온 뒤 작은 물결이 일어나고,
수양버들 어둑어둑 강 언덕에 비껴 서 있네.
남으로 가는 길에서 한 동이 술로 모름지기 취해 버렸는데,
삼월의 동녘바람 벌써 많이 없어졌구나.
헤어지는 길목 곳곳마다 왕손의 봄풀은 푸르고,
마을 거리 집집마다 탱자꽃이 가득 피었네.
하늘 끝까지 흘러와서 나그네가 된 지 벌써 오래이지만,
한밤중의 고향 노래만은 차마 듣기 어려워라.

清溪雨後起微波。　　楊柳陰陰水岸斜。
南陌一尊須盡醉、　　東風三月已無多。
離程處處王孫草、　　門巷家家枳穀花。
流落天涯爲客久、　　不堪中夜聽吳歌。

■
* 1578년에 손곡이 백광훈 및 임제(林悌)와 함께 남원 광한루에 올라가 놀
  았다. 술자리를 열고서 임제가 먼저 율시 하나를 지었다. …(시 생략)… 임
  제는 자기 마음대로 가(歌)자를 운으로 잡아 시를 짓고는, 다른 사람들을
  당황케 하려고 한 것이다. 이달이 그 운을 그대로 받아서, 곧 한 편을 읊었
  다(바로 위의 시이다. 이때 지은 시들은 홍만종이 지은《소화시평》권상에 실
  려 있다).

권 5 오언절구

蓀谷
李達

벗과 헤어지며

別李禮長

오동 꽃잎은 밤안개 속으로 떨어지고
바닷가 나무 위엔 봄구름만 떠 있구나.
풀밭에서 한 잔 술로 헤어지지만
서울 가는 길목에서 다시 만나겠지.

桐花夜煙落、　　　海樹春雲空。
芳草一杯別、　　　相逢京洛中。

객사 다락에 올라

登驛樓

가을 하늘엔 한 조각 달
한밤중에 시름이 이네.
강남에 외로운 나그네 있으니
객사 다락엔 비치지 마소.

一片秋天月、　　　中宵生遠愁。
江南有孤客、　　　休照驛邊樓。

매화 그림에다

畫梅

늙은 등걸에 울퉁불퉁 혹이 달렸네.
차가운 향내로 매화인 줄 알겠어라.
간밤 눈서리 속에서도
오히려 한 가지에 꽃이 피었네.

擁腫古槎在、　　　寒香知是梅。
前宵霜雪裏、　　　尙有一枝開。

대나무 그림에다

畫竹

커다란 대나무 반신이 꺾였지만
드문드문 가지가 늙은 뿌리로부터 나왔네.
지난번 가랑비에
몇 촉이나 새 가지를 키웠나.

脩竹半身折、　　疏枝生老根。
從前煙雨裏、　　幾箇長兒孫。

그림을 보며
詠畫

1.

산길에 가득 눈이 쌓이고
숲에는 우수수 낙엽이 흩날리네.
저 사람 집은 어디 있는지
날 저무는데 나뭇짐 지고 돌아가네.

積雪滿山逕、　　蕭蕭林葉飛。
渠家在何處、　　日暮擔樵歸。

2.

비단 주머니를 차고[1]
동자가 산 노인을 따라 나서네.
수풀에선 서늘한 바람 일어
온 산 풍경이 서늘해라.

封着錦囊去、　　童子隨山翁。
微涼起林葉、　　滿山風景中。

■
1) 당나라 시인 이하(李夏)가 밖에 나갈 때마다 말을 타고서 종에게 낡은 비
   단 주머니를 들고 따라오게 한 다음, 좋은 시 구절이 떠오를 때마다 써서
   주머니에 넣었다.

4.

강가 나무들 녹음이 우거졌는데
나귀를 타고 강길 따라 가네.
고깃배는 어디로 가는지
날 저문데다 물결까지 이네.

江樹濃陰合、　　　騎驢江上行。
漁舟向何處、　　　日暮風浪生。

5.

간밤에 서리 두텁게 내려
나뭇잎 지는 강물 차갑기만 해라.
뱃사공은 가을빛 바라보며
노 저어 여울을 내려가누나.

新霜昨夜重、　　　木落江水寒。
舟人望秋色、　　　持楫下危灘。

6.
초가집 처마 대숲에 눈이 덮이니
인적 드문 마을길 희미하기만 해라.
아마도 이 집에 시인이 살고 있을 텐데
날이 추워 사립문도 열지 않았네.

雪壓茅簷竹、　　　人稀村逕微。
定是詩人住、　　　天寒不啓扉。

최국보의 체를 본받아
效崔國輔體四時

1.

새벽빛은 산호자리에 감돌아들고
봄추위는 비취빛 구슬발에 스며드네.
온갖 꽃들 핀 속으로 돌아오다가
향그런 이슬에 옷자락이 흠뻑 젖었네.

曉色珊瑚薦、   春寒翡翠簾。
歸來百花裏、   香露滿衣霑。

2.

장미덩굴 가지마다 이슬이 젖고
육두구 꽃잎마다 향내가 스몄네.
하얀 평상 위에 여름날이 길기만 해서
맑은 우물에 띄운 참외를 찾아오네.

■
* 최국보는 당나라 때의 시인인데, 오군(吳君) 사람이다. 시를 잘 지어 집현
  직학사(集賢直學士)와 예부원외랑(禮部員外郞)에 올랐지만, 그의 시집은
  지금 남아 있지 않다.《당시품휘》에는 그의 시가 많이 실려 있는데, 은번
  은 평하기를 "국보의 시는 아름답고도 청초해서, 깊이 읊어볼 만하다. 악
  부(樂府) 몇 장은 옛사람들도 따라올 수가 없다"고 하였다. 화려하고도 환
  상적인 최국보의 시를 많은 사람들이 좋아하여, 오랫동안 많은 시인들이
  이를 모방하여 지었다. 이 시에 쓰인 어휘들도 귀족적이고 여성적이다.

露濕薔薇架、　　　香凝荳蔲花。
銀床夏日永、　　　金井索浮瓜。

3.
옥계단엔 서릿기운 차갑게 내리고
금누각엔 반딧불이 이따금 날아드네.
고요한 밤 한가로워 아무도 없고
오동잎에 맑은 이슬만 방울져 떨어지네.

玉階霜氣寒、　　　金閣疏螢度。
靜夜闌無人、　　　梧桐滴淸露。

4.
비단장막을 치고도 추위가 겁나
금병풍을 둘러쳐 앵무새를 감쌌네.
창 사이로 시녀 아이를 찾노라니
향로에선 향 연기가 피어오르네.

繡幕怯寒威、　　　金屛護鸚鵡。
窓間覓侍兒、　　　寶篆生香縷。

방림역

芳林驛

시냇물 다리 위로 저녁 햇살 내리는데
낙엽은 가을길을 가득 채웠네.
쓸쓸한 나그넷길 외롭기만 한데
차가운 시냇물에 그림자 떨구며 말이 건너가네.

西陽下溪橋、　　　落葉滿秋逕。
蕭蕭客行孤、　　　馬渡寒溪影。

■

* 방림역은 대관령 서쪽에 있다. 강릉에서 170리 되는 곳이다.

학 한 마리

畫鶴

외로운 학 한 마리 먼 하늘을 바라보며,
밤도 차가운데 한 발을 들고 섰네.
서녘 바람이 차갑게 대나무 숲에 불어와,
몸에는 가득 가을이슬로 적셨구나.

獨鶴望遙空、　　夜寒擧一足。
西風苦竹叢、　　滿身秋露滴。

그대를 보내고서

送人

오월이라 앵두가 익고
산마다 소쩍새가 우네.
그대를 보내고서 부질없이 눈물 흐르는데
꽃과 풀들은 저마다 무성키만 해라.

五月櫻桃熟、　　　千山蜀魄啼。
送君空有淚、　　　芳草又萋萋。

김취면의 산수화 병풍에 쓰다
題金醉眠山水障子面

1.

구름 자욱해 산은 천 개의 점이고
안개에 잠겨 물은 하나의 흔적일세.
고깃배가 노 젓다가 길을 잃었으니
여기가 바로 무릉도원 아니던가.

雲暗山千點、　　　煙沈水一痕。
漁舟迷去棹、　　　莫是武陵源。

2.

먼 강언덕에는 저녁 아지랑이 오르고
차가운 강 위에는 흰 물결 일어나네.
배를 대고서 사람은 뵈지 않으니
술 사러 어부 집에라도 들어갔겠지.

遠岸起暮靄、　　　寒江生白波。
泊舟人不見、　　　買酒入漁家。

3.

자줏빛 안개옷을 입고 학을 탔네.
바람에 나부끼는 옛 신선이여,
구름 속으로 들어가 아득한데
하늘 바람은 그치지 않고 불어오네.

鶴上紫煙衣、　　　飄飄古仙子。
去入雲冥冥、　　　天風吹不已。

4.

시냇물은 졸졸 흐르고
산바람에 솔방울 떨어지네.
그 가운데 세상을 피해 숨은 사람 있어
이끼 낀 바위에 앉아 거문고를 타네.

古澗水泠泠、　　　山風松子落。
中有隱世人、　　　援琴坐苔石。

그림에 쓰다
題畫

1.

영감과 할멈 둘이 서로 신나서
봄이 오자 밭 갈기를 일삼네.
높직한 수레 타고 다니는 사람들
농사 집 즐거움을 그 누가 알랴.

翁婦相欣欣、　　　春來事耕作。
高車駟馬人、　　　誰識田家樂。

2.

산 속 시냇가에서 나무를 하다
모퉁이 바위에 앉아 어깨를 쉬네.
멀찌감치 마을 뒷산을 바라보면서
산 너머로 해 지는 것도 알지 못하네.

采樵山澗中、　　　息肩山邊石。
遙遙望家山、　　　不知山日夕。

가림에서 안생과 헤어지며

嘉林別安生

산이 가까워 저녁 그늘 짙게 깔렸는데
날이 저물자 가을 기운 더욱 서글퍼라.
내일 아침 백제땅 가는 길에 오르면
뒤돌아보며 그리워하겠지.

山近夕陰重、　　日西秋氣悲。
明朝百濟路、　　回首是相思。

■
* 가림은 본래 백제시대에 가림군(加林郡)이었는데, 고려시대에는 가림현
  (嘉林縣)이 되었다가, 조선시대에는 임천군(林川郡)의 한 부분이 되었다.
  지금은 부여의 한 면이다.

88

금강가에서 정자신과 헤어지며

錦江別鄭子愼

한 그루 팥배나무 잎
바람에 불려 뜰에 가득 떨어졌네.
날이 밝으면 금강으로 떠나야겠기에
푸르른 저녁 산을 시름겹게 바라보네.

一樹棠梨葉、　　風吹落滿庭。
明朝錦江水、　　愁對暮山靑。

안주 시골집에서 자며
宿安州村舍

산길마다 눈이 쌓이고
바닷가 마을에는 외로운 연기 오르네.
길 가던 나그네 투숙하려 하자
남은 햇볕이 어느새 황혼이네.

積雪千山路、　　孤煙一水村。
行人欲投宿、　　殘日已黃昏。

그림에 쓰다

題畫

1.

늙은 나무는 벌써 잎 다 떨어지고
산마을에는 가을 강물만 흘러가네.
배 대어 놓고 사공이 홀로 잠들자
저녁노을 속에 물결만 이네.

古木葉已盡、　　山村秋水空。
艤船人獨宿、　　風浪夕陽中。

2.

늙은 나무에는 매화꽃이 피고
긴 대숲에선 바람이 우네.
산골 사람이 눈 밟고 와서
시 구절을 길게 읊조리네.

老樹梅花發、　　風鳴脩竹林。
山人踏雪至、　　詩句自長吟。

3.

산골짜기에는 봄구름이 따뜻하고
산자락엔 봄날이 길기도 해라.
대나무 아래에서 이따금 술잔을 기울이다가
함께 가서 꽃가지를 구경도 하네.

山洞春雲煖、　　山闌春日遲。
時傾竹下酌、　　同去看花枝。

어려움 속에 즐거워라

次韻

어려움 속에서도 지내면서도 늘 즐거운 것 같고,
가난 속에 살면서도 언제나 편안하구나.
한식날 봄바람 받으며 눈물 흘렸지만,
옷자락 가득 적시는 것도 깨닫지 못했어라.

處困常歡若、　　居貧每晏如。
東風寒食淚、　　不覺滿衣裾。

그대와 헤어지며

贈人

1.

지친 나그네가 황강 길을 가느라고
이 좋은 명절 단옷날까지 잊어버렸네.
서로 만났다가도 바쁘게 헤어지니
우리 모두가 난리 속을 헤매이는 사람들일세.

倦客黃岡路、　　　端陽負令辰。
相逢草草別、　　　俱是亂離人。

2.

새가 나는 하늘 끝엔 아지랑이 뿌옇고
멀리 뵈는 산봉우리는 구름 너머로 푸르네.
전쟁은 남쪽에서 아직도 한창인데
헤어지자고 말하려니 눈물부터 쏟아지네.

遠靄鳥邊白、　　　遙岑雲外靑。
干戈國南徼、　　　欲語淚先零。

어느 곳이 그대 집이던가
次尹恕中韻

서울 와서 떠도는 나그네여
구름 낀 산 어느 곳이 그대 집이던가
가냘픈 연기가 대숲길에 피어오르고
보슬비에 등꽃이 지는 그곳이라오.

京洛旅遊客、　　雲山何處家。
疏煙生竹逕、　　細雨落藤花。

불일암에서 인운 스님에게 지어 주다

佛日菴贈人雲釋

산이 흰 구름 속에 있어
흰 구름을 중은 쓸지 않네.
나그네가 왔기에 비로소 문 열고 보니
골짜기마다 솔꽃 가루만 흩날리네.

山在白雲中、　　　白雲僧不掃。
客來門始開、　　　萬壑松花老。

주막집 다듬이 소리

新店秋砧

산밭에서 가을 벼를 베는데
구름 낀 봉우리에 주막이 얹혀 있네.
시아비와 시어미 밤중에 다듬이질
달 아래 그 소리가 멀리까지 들리네.

秋禾刈山田、　　　草店依雲巘。
翁姑事夜砧、　　　月下聲近遠。

연못에 밤비 내려
蓮塘夜雨

밤비 가을 연못에 넘쳐
가을 연꽃 거의 다 죽었네.
쓸쓸히 연잎에 떨어지는 빗방울 소리에
원앙새들 잠들었다가 놀라서 일어나네.

夜雨漲秋池、　　　秋荷太多死。
蕭蕭葉上聲、　　　驚起鴛鴦睡。

제목없이
無題

1.

푸른 버드나무 긴 가지 짧은 가지에서
꾀꼬리는 백 번 울고 천 번 우네.
아로새긴 창 수 놓은 문은 깊이 닫혀 있어
원망 어린 뺨 시름 가득한 눈썹을 혼자만 아네.

黃鳥百囀千囀、　　綠楊長枝短枝。
彫窓繡戶深掩、　　怨臉愁眉獨知。

2.

곳곳에서 말 발자국을 자주 부딪쳐
가는 곳마다 수레 먼지를 피하네.
서울 거리엔 꽃과 버들
반쯤은 고관과 귀인의 행렬일세.

處處多逢馬跡、　　行行且避車塵。
長安陌上花柳、　　半是高官貴人。

권6 칠언절구

蓀谷
李達

평조 사계절 노래
平調四時詞

一 봄 · 春
문 앞 골목이 청명해서 제비들 날아들고
안개 같은 푸른 버들은 누대를 가리웠네.
함께 타던 친구와 그네에서 뛰어내려
꽃밭으로 와서 풀 뜯기 내기를 하네.

門巷淸明燕子來。　　　綠楊如霧掩樓臺。
同隨女伴鞦韆下、　　　更向花間鬪草廻。

一 여름 · 夏
오색실 수놓던 바늘은 수틀에다 그냥 두었네.
옥계단에는 석류꽃이 새로 피어나네.
하얀 평상 정갈한 자리에 아무런 일이 없어
하루 종일 남쪽 정원에는 나비들만 떼지어 나네.

五色絲針倦繡窠。　　　玉階新發石榴花。
銀床氷簟無餘事。　　　盡日南園蛺蝶多。

― 가을 · 秋

우물가 오동잎은 난간에 떨어지는데,
비파 줄이 팽팽해져 탈 수 없어라.
거울 들고 새 눈썹 다듬으려다가
주렴을 걷어올리자 이른 추위가 선듯해라.

金井梧桐下玉闌。　　琵琶絃緊不堪彈。
欲將寶鏡均新黛、　　捲上珠簾怯早寒。

무덤에 제사 지내고

祭塚謠

흰둥이가 앞서고 누렁이는 따라가는데,
들밭머리 풀섶에는 무덤이 늘어 서 있네.
늙은이가 제사를 끝내고 밭 사이 길로 들어서자,
해 저물어 취해 돌아오는 길을 어린 아이가 부축하네.

白犬前行黃犬隨。　　野田草際塚纍纍。
老翁祭罷田間道、　　日暮醉歸扶小兒。

* 총(塚)은 흔히 큰 무덤, 또는 비석이 없는 무덤을 가리킨다. 늙은이가 먼
   저 죽은 아들의 무덤에 제사를 지내다가 술에 취해, 손자 아이가 부축하
   며 돌아오는 모습을 그린 시이다.

105

초승달에 절하다
拜新月

깊은 규중 처녀애 나이 열다섯인데,
방 앞에서 달 보고 절해도 사람들은 모르네.
바람이 불어 비단띠가 날려도 아무 말 없이,
층계를 내려와 뜰에 핀 꽃가지를 손으로 꺾네.

深閨女兒年十五、　　　　拜月堂前人不知。
風吹羅帶默無語、　　　　下階手折庭花枝。

양양곡

襄陽曲

큰 제방 너머 잔잔한 연못으로 해가 지니
꽃 아래 놀던 사람 술 취하여 비틀거리네.
다시금 교방을 나서 남쪽길을 가노라니,
집집마다 골목마다 〈백동제〉 노랫소릴세.

平湖日落大堤西。　　　花下遊人醉欲迷。
更出教坊南畔路、　　　家家門巷白銅鞮。

■
* 양양은 호북성에 있는 아름다운 고을이다. 〈양양곡〉은 육조(六朝) 때에 송
나라 수왕탄(隨王誕)이 지은 〈양양악〉에서 시작하여, 당나라 때에 악부시
로 많이 불려진 노래이다. 특히 이백(李白)이 지은 〈양양곡〉이 유명하다.

　　양양은 즐거운 곳이라서
　　〈백동제〉를 노래 부르며 춤추네.
　　강성에는 맑은 물이 돌고
　　꽃과 달은 사람을 홀리게 하네.(첫째 수)
　　산공이 술에 취했을 때엔
　　고양 아래에서 비틀거리네.
　　머리에는 하얀 건을
　　거꾸로 쓰고 말에 올라타네.(둘째 수)

〈백동제〉는 육조 때에 양양에서 유행하던 노래인데, 양나라 무제(武帝)가
옹진(양양)의 지방관으로 있을 때에 거리에 널리 퍼졌던 동요이다. 그런
데 이 노래대로 일이 이루어지자, 무제가 즉위한 뒤에 〈양양탑동제〉 3곡
을 지었다.

비단 치마띠 노래를 고죽 사또께 바치다
錦帶曲贈孤竹使君

중국 상인이 강남의 시장에서 비단을 팔고 있는데,
아침 해가 떠오르며 비치니 자줏빛 연기가 피어나는구나.
아름다운 여인이 가져다가 치마 띠를 만들고 싶어 하지만
화장대 속을 아무리 뒤져도 값어치 나갈 게 없네.

商胡賣錦江南市、　　　朝日照之生紫煙。
佳人正欲作裙帶、　　　手探粧奩無直錢。

■
* 이달이 벗 최경창을 따라서 영광에 놀러갔다. 이달이 사랑하던 기생에게
자줏빛 비단을 사주고 싶었지만, 그 값을 구하지 못하였다. 이달이 이 시
를 지어서 최경창에게 보내며 그 값을 빌었다. 최경창은, "손곡의 시는 한
글자에 천금씩이나 가니, 어찌 감히 비용을 아끼겠느냐?"라고 하면서, 글
자 하나마다 석 필씩 값을 쳐서 구하던 돈을 대어 주었다. 그가 이달의 재
주를 이처럼 사랑하였다. – 허균《학산초담》

정지상의 운을 받아서
采蓮曲次大同樓船韻

연잎은 들쑥날쑥 연밥도 많은데
연꽃 속에 서로 섞여서 여인들이 노래 부르네.
돌아올 때에는 횡당 어귀에서 만나자 했기에,
힘들여 배를 움직이며 물결 거슬러 올라오네.

蓮葉參差蓮子多。　　　蓮花相間女郎歌。
來時約伴橫塘口、　　　辛苦移舟逆上波。

---

* 정 대간(鄭臺諫)의 〈서경시〉를 (시 줄임) 지금까지 절창이라고 일컫는다.
  중국 사신이 오게 되자 부벽루 현판에 새겨진 시들을 모두 철거한 적이
  있었는데 이 시만은 남겨 두었었다. 그 뒤에 최고죽(崔孤竹)이 이 시에 화
  운(和韻)하고 (시 줄임) 이익지(李益之)가 화운했는데 (시 줄임), 두 시가
  매우 훌륭하여 왕소백(王少伯)·이군우(李君虞)의 여운이 있으나 이는 채
  련곡(採蓮曲)이라 서경 송별시의 본뜻과는 다르다. – 허균 〈성수시화〉

보리 베는 노래
刈麥謠

시골집의 젊은 아낙은 저녁거리가 없어서,
빗속에 나가 보리를 베어 숲속으로 돌아오네.
생나무는 축축해서 불길도 일지 않는데,
문에 들어서니 어린애들은 옷자락을 잡으며 우는구나.

田家少婦無夜食、　　雨中刈麥林中歸。
生薪帶濕煙不起、　　入門兒女啼牽衣。

■
* 그가 지은 〈동산역시(洞山驛詩)〉는 시골집에서 먹을 것 때문에 괴로워하
  는 모습을 마치 눈으로 보는 것처럼 그려내었다. - 허균《학산초담》

떠돌이 집안의 원망

移家怨

늙은이는 솥을 지고 숲속으로 사라졌는데,
할미는 어린앨 끌고 따라가질 못하는구나.
사람들 만날 때마다 집 떠난 괴로움을 하소연하는데,
여섯 해 동안 종군하느라고 애비 자식마저 헤어졌다네.

老翁負鼎林間去、　　　老婦携兒不得隨。
逢人却說移家苦、　　　六載從軍父子離。

* 부역이 번거롭고도 무거워서 백성들이 제대로 살지 못하고 흩어져 헤매
는 괴로운 모습을 이 한 편의 시에다 모두 실었다. 백성들을 다스리는 사
람들로 하여금 이 시를 보게 한다면, 근심하고, 두려워하며 깜짝 놀라서
깨달을 것이다. 그들이 병들어 파리해진 백성들을 살릴 수 있도록 훌륭한
정치를 베푼다면, 백성들의 감화시키는 데에도 도움이 되니, 어찌 이것
이 작은 일이겠는가? 글을 지으면서도 세상의 가르침에서 벗어난다면, 이
또한 헛되게 글을 지었을 뿐이게 된다. - 허균《학산초담》

횡당곡

橫塘曲

1.

우리 집이 횡당 남쪽 강둑에 있어서
언제나 친구 따라 햇연밥을 땄었지.
님을 만나면 방긋 웃고 아름다운 약속 맺으면서
버들 속에 수놓은 창문이 우리집이라 말해 주었지.

家住橫塘南埭邊。　　常隨女伴采新蓮。
逢郞一笑成佳約。　　繡戶雕窓楊柳煙。

2.

그대 집은 횡당 어귀에 있다고 했건만
물새만 언제나 날 저문 모래밭에 내려오네.
일년 좋은 봄날을 이제 다 보내고서
주렴 사이로 근심스레 자동꽃만 바라보네.

儂家住在橫塘口。　　江鷺常時下晩沙。
過盡一年春事好。　　隙簾愁對刺桐花。

월아의 시첩에 선계곡을 쓰다
仙桂曲題月娥帖

거문고 가락 한 곡조에 가을의 한은 길고 길어
밤 깊도록 잠도 못 이루고 수침향[1]만 다 태우네.
서편 다락에 비치는 저 달 더더욱 정겨워
계단에 내려서니 뜨락에 서리 가득해라.

一曲瑤琴秋恨長。　　　夜深燒盡水沈香。
多情更有西樓月、　　　步下金階滿地霜。

---

1) 침향목의 나무로 만든 향인데, 물에 가라앉는 것이 진품이므로 수침향이
　라고 한다.

이삭을 줍는 노래
拾穗謠

밭 사이에서 이삭을 줍는 시골 애들의 말이,
한나절 부지런했지만 한 바구니도 차지 못했다네.
올해엔 벼를 베는 사람들 또한 교묘해져서,
이삭 하나 남기지 않고 관청에다가 바친다더라.

田間拾穗村童語、　　　　盡日東西不滿筐。
今歲刈禾人亦巧、　　　　盡收遺穗上官倉。

■
* 이 시는 흉년을 맞은 시골 사람들의 말을 직접 듣는 것처럼 나타내었다.
  - 허균《학산초담》

대추 따는 노래
撲棗謠

이웃집 어린 아이가 와서 대추를 따자,
늙은이가 문 열고 나와 어린 아이를 내쫓았네.
어린 아이가 도리어 늙은이 보고 말하길,
내년 대추가 익을 때까진 사시지도 못할 텐데요.

隣家小兒來撲棗、　　　老翁出門驅少兒。
小兒還向老翁道、　　　不及明年棗熟時。

보허사
步虛詞

2.

청동이 서왕모 시녀 완릉화와 짝을 지어
봉래궁 소옥¹⁾의 집을 한밤중에 찾아갔네.
자양궁 숨은 일들을 한가롭게 이야기하며
옥계단에서 벽도화를 남모르게 꺾어보네.

靑童結伴婉凌華。　　夜下三洲小玉家。
閑說紫陽宮裏事、　　玉階偸折碧桃花。

■

* 〈보허사〉는 《악부(樂府)》 잡곡의 가사 이름인데, 여러 신선들의 신비스러운 생활과 경묘한 자태를 찬미하는 노래이다. 도가(道家)의 노래이기도 한데 많은 시인들이 상상력을 동원하여 이 노래를 지었다. 시인들이 신선 세계에 있다고 생각했던 인물들과 건물들이 이 시 속에 등장한다.
1) 삼주(三洲)는 바가 속에 있다는 봉래(蓬萊), 방장(方丈), 영주(瀛洲)의 삼신산(三神山)을 달리 이른 말이다. 백거이(白居易)의 〈장한가(長恨歌)〉에 "소옥을 시켜 쌍성에게 알리라고 한다.[轉敎小玉報雙成]"라고 하였는데, 소옥과 쌍성은 봉래궁(蓬萊宮)의 시녀이다.

6.

서악의 진군께서 하늘 위로 오르시자
온갖 신령 분주하게 위의를 갖추었네.
하늘나라 비결이란 전해질 수 없는 거라서
옥황의 글을 몰래 베껴 한밤중에 돌아오네.

西嶽眞君上紫微。　　　百靈奔走備威儀。
三淸秘訣無傳授、　　　偸寫天章半夜歸。

삼월이라 강릉엔
江陵書事

삼월이라 강릉엔 가지마다 꽃 가득 피었는데
꽃 꺾어들자 문득 지난해 슬픔이 생각나네.
상한 마음 흘러가는 강물에 묻지를 말자.
밤낮 쉬지 않고 유유히 흐르는구나.

三月江陵花滿枝。　　折花還有去年悲。
傷心莫問東流水、　　日夜悠悠無歇時。

궁사

宮詞

1.

아침 되어 해가 뜨고 궁궐문이 열리더니
봉황일산 두 줄 지어 인도하며 오르네.
예부상서가 전갈하는 폐하 분부를 들어보니
조회 뒤에는 곧바로 망춘대에 납신다네.

平明日出殿門開。　　鳳扇雙行引上來。
遙聽太儀宣詔語、　　罷朝新幸望春臺。

2.

궁궐 뜨락 여기저기 꽃잎들이 흩날리는데
궁녀는 향을 사르며 저녁노을을 바라보네.
봄바람이 다 지나가도록 사람은 뵈지도 않고
굳게 잠긴 대문 자물쇠에 푸른 녹만 슬었구나.

■

* 왕궁의 일을 읊은 시가 〈궁사〉인데, 〈궁사〉는 많이 지어지지 않았다. 왕
궁 속의 일은 비밀스러워서 보통 사람들이 잘 알 수도 없었거니와, 그처
럼 비밀스러운 일을 공공연하게 시로 읊어서 많은 사람들에게 퍼뜨리는
것은 지엄한 왕궁에 대한 모독이라고 생각할 수도 있기 때문이었다. 왕건
(王建)이 〈궁사〉 100수를 지은 뒤에, 화예부인(花蕊夫人)과 왕규(王珪)가
또한 〈궁사〉 100수를 지었다. 이달의 제자인 허균도 〈궁사〉 100수를 지
었다. 이달이 지은 〈궁사·2〉가 《역대여자시집》에는 허난설헌의 작품으로
실려 있다.

宮墻處處落花飛。　　　　侍女燒香對夕暉。
過盡春風人不見、　　　　院門金鑠綠生衣。

3.
맑은 새벽에 내시가 나와 재인을 찾더니
피리와 노래 어우러져 전각에 봄이 가득해라.
이원에서 옥피리 불라고 특별 분부 내리신 뒤에
어원에서 새로이 기린포를 내리시네.

中官淸曉覓才人。　　　　合奏笙歌滿殿春。
別詔梨園吹玉簫、　　　　御袍新賜錦麒麟。

성불암

成佛庵

서봉의 암자가 중천에 가까워
구름 이는 바위문에 먼 샘물소리 나네.
한밤중까지 등불 걸고 나그네 잠 못 이루는데
늙은 중이 경쇠를 치며 부처님께 예배하네.

西峯庵子近中天。　　　雲竇泠泠落遠泉。
半夜懸燈客不寐、　　　老僧鳴磬禮金仙。

산길을 가다가

山行關外作

물가 성긴 울타리엔 살구꽃 붉게 피었네.
버들가지에 두세 집 문을 가리웠네.
시내 다리 곳곳마다 꽃과 풀이 이어졌는데
산길에는 사람도 없어 해가 절로 기울었네.

近水疏籬紅杏花。　　　掩門垂柳兩三家。
溪橋處處連芳草、　　　山路無人日自斜。

용나루를 건너면서

龍津

가을 강물은 급하게 흘러 용나루로 내려가는데
나루의 관리가 배를 세우고는 비웃다가 다시금 꾸짖는구나.
서울에 드나들면서 무슨 일을 했길래
십년이 넘어가도록 벼슬 한 자리 못 얻었는가.

秋江水急下龍津。　　　津吏停舟笑更嗔。
京洛旅遊成底事、　　　十年來往布衣人。

죽두암

竹頭菴

경포호 물가에 사람은 다니지 않고
강문교 저 위로 달이 방금 떠오르네.
절방 창엔 밤이 차서 나그네 잠 못 이루는데
마름 끝 바람결에 기러기 소리만 들려오네.

鏡浦湖邊人不行。　　　江門橋上月初生。
僧窓夜冷客無睡、　　　蘋末西風來雁聲。

■
* 강릉 동북쪽 15리에 경포가 있는데, 둘레가 20리이다. 서쪽 언덕에 경포
  대가 있으며, 동쪽 입구에 강문교가 있다. 다리 밖에 죽도(竹島)가 있다.

124

영곡에 봄을 찾아서

靈谷尋春

동쪽 봉우리 구름 기운에 산허리가 잠겼기에
시냇길에 대지팡이 짚고 봄구경 나섰네.
깊은 숲속 몇 군데 이른 꽃이 피었는지
산벌이 때때로 와서 옷깃을 스쳐 나네.

東峯雲氣沈翠微。　　澗道竹杖尋芳菲。
深林幾處早花發、　　時有山蜂來撲衣。

개성에서 옛날을 생각하며
松京懷古

고려 궁터와 전각에는 풀과 안개만 가득해라.
해가 지자 저녁 그늘 따라 소와 양들이 내려오네.
경주나 개성이나 꼭 같이 망한 나라 도읍이건만,
계림에만 누런 잎이 가득하다고 그 옛날에 비웃었다니.

前朝臺殿草煙深。　　落日牛羊下夕陰。
同是等閑亡國地、　　笑看黃葉滿鷄林。

* 송경은 송악산 앞에 도읍했던 고려의 서울 개성이고, 계림은 신라의 서울 경주이다. 통일신라 말기에 자기의 조국인 신라가 쇠망해 가고 신흥 고려가 흥성해 가는 모습을 예견한 최치원이 "계림은 누렇게 시든 나뭇잎이고 곡령은 푸른 소나무"라고 고려의 건국을 몰래 찬양하였다고 한다. 그렇지만 사백 년 뒤엔 결국 곡령도 누렇게 시든 나뭇잎이 되었다.

신륵사에서
題甓寺

여강에¹⁾ 삼월이 되자 외로운 배 타고 돌아왔네.
내 집은 서쪽 연못²⁾ 구름과 물 사이에 있네.
마름 물가에 안개가 일고 새는 나무에 깃드는데,
꽃이 석대에 피자 스님은 문을 닫는구나.

驪江三月孤舟還。　　　家在西潭雲水間。
煙生蘋渚鳥投樹、　　　花發石臺僧掩關。

---

1) 여주를 거쳐가는 남한강 상류를 여강이라고 부른다. 이곳에 신륵사가 있
　는데, 벽돌탑이 있으므로 속칭 벽절이라고도 부른다.
2) 이달이 서담(西潭)이라는 호도 썼다. 그래서 유형이 그의 유고를 모아《서
　담집》을 간행하여 주었다.

가야산을 찾아서
尋伽倻山

하늘로부터 피리 소리와 학이 가을밤에 내려왔지만,
천년 전의 고운(孤雲)은[1] 이미 적막하여라.
달 밝은 동네 어귀에는 물이 흘러가지만,
어디가 무릉교인지[2] 알 수 없구나.

中天笙鶴下秋霄。　　　千載孤雲已寂寥。
明月洞門流水在、　　　不知何處武陵橋。

■

* 정승 노수신이 중의 두루마리를 보았더니, 고죽과 익지의 시가 실려 있었
  다. 거기에다 쓰기를 "당대에 으뜸가는 문장가로는 오직 이달과 최경창
  을 일컫는다"라고 하였다. 이것이 지나친 말은 아니다. 작은 형님(허봉)도
  또한 "신라 때부터 당시(唐詩)를 본받은 사람 가운데 이익지의 시보다 더
  위로 올라간 사람은 없다"라고 하였다. 일찍이 그가 지은 시 가운데 …(위
  의 시)… 라는 작품을 형님이 칭찬하면서, "나로서는 따라갈 수 없다"고
  하였다. - 허균 《성수시화》
1) 고운은 천년 전에 가야산에 들어와 신선이 되었다는 최치원의 호다. 최치
   원은 가야산에서 마지막 시를 쓰고, 어느 날 자취를 감추었다.
2) 무릉교는 신선세계인 무릉도원의 어귀에 있는 다리이다. 흘러가는 물을
   따라 들어가면 그 위에 무릉도원이 있겠지만, 그 입구를 찾지 못하는 것
   이다.

양봉래의 죽음에 곡하다
哭楊蓬萊

인간으로 신선 되신[1] 줄 알았으니
부질없이 슬퍼하며 수건을 적실 필요 없네.
동쪽 바다 봉래[2]로 돌아가는 길에는
벽도화 천 그루가 활짝 핀 봄이겠지.

知是人間尸解身。　　　不須惆悵浪沾巾。
蓬萊海上東歸路、　　　疑有碧桃千樹春。

1) 원문의 시해(尸解)는 도가의 술수(術數)인데, 몸만 남겨 놓고 혼백(魂魄)이 빠져나간 상태이다. 시신은 눈 앞에 있지만, 이제는 신선이 되었다는 뜻이다.
2) 봉래 양사언이 좋아했던 금강산의 다른 이름이고, 삼신산 가운데 하나이며, 봉래 자신의 호이기도 하다.

호숫가 절의 스님 시권에 쓰다
題湖寺僧卷

옛 절에 차가운 종소리 푸른 기운 속에 들려오고
자규 울음 그쳤건만 한(恨)은 다하지 않네.
남쪽 호수 마름 열매는 벌써 가시 돋았는데
삼월에도 나그네는 돌아가지 못하네.

古寺寒鐘鳴翠微。　　　子規啼歇恨依依。
南湖菱角己成刺、　　　三月行人歸未歸。

악사 허억봉에게 지어 주다
贈樂師許億鳳

두 눈썹 눈을 덮고 귀밑머리 성긴데
일찍이 장악원[1]에서 옥피리 불었지.
층대로 옮겨와서 한 곡조 불더니
끝나자 눈물 흘리며 선조 이야기를 하네.

雙眉覆眼鬢蕭蕭。　　　曾捻梨園紫玉簫。
移向瑤臺彈一曲、　　　曲終垂淚說先朝。

■
1) 원문의 이원(梨園)은 당나라 때에 음악을 맡았던 관청인데, 조선시대에도
　　장악원(掌樂院)을 흔히 '이원'이라고 불렀다. 남부 명례방(明禮坊), 지금
　　의 을지로 1가에 있었는데, 아악(雅樂)은 좌방(左坊), 속악(俗樂)은 우방
　　(右坊)에 속했다.

허공언[1]을 중국에 사신으로 보내며

送許功彦朝天

1.

병조의 낭관이며 한림원의 신하가
멀리 천자에게 만년 장수를 빌러 가시네.
요하의 아전들이 물어본다면
동쪽 나라 제일인이라고 말해 주시오.

騎省郎官翰苑臣。　　遠朝天子萬年春。
遼河小吏如相問、　　報道東藩第一人。

1) 허균의 맏형인 허성(許筬, 1548~1612)의 자인데, 호는 악록(岳麓)이
다. 명나라와 일본에 사신으로 다녀왔으며, 이조판서를 지냈다. 이 시는
1594년 명나라에 진주사(陳奏使)로 갈 때에 지어 주었다.

신부 단장을 재촉하며
−장난삼아 교산에게 지어 주다

催粧 戲贈蛟山

1.

서궁의 작은딸 옥치랑1)께서
운우(雲雨) 노래2)를 훔쳐 베끼느라 동방을 닫았구나.
엿보지 못하도록 다른 사람 오는 걸 금하고
아름다운 화촉 밝혀 신선 낭군을 기다리네.

西宮季女玉巵娘。　　　偸寫雲謠閉洞房。
禁着外人竅不得、　　　九華蓮燭待仙郞。

■
1) 어떤 서생이 신녀(神女)를 만나 호승(胡僧)을 보고 그를 가리키며 말했다.
　 "저 여인이 서왕모(西王母)의 셋째 딸 옥치랑(玉巵娘)이다." −《성재잡기
　 (誠齋雜記)》. 허균이 이때 결혼한 부인은 김대섭의 둘째 딸이다.
2) 운요(雲謠)는 운우지락(雲雨之樂)을 노래한 시이다.

2.

선가의 꽃촛불에 세 하늘³⁾이 막혀
이슬에 젖은 은하수 오작교를 건너네.
옥병풍 펼쳐 놓고 붉은 부절 맞이하니
오색 난새 한밤중에 아름다운 피리를 부네.

仙家花燭隔三霄。　　　露濕銀河渡鵲橋。
開着玉屛迎絳節、　　　彩鸞中夜喚文簫。

---

3) 도가에서 말하는 청미천(淸微天). 우여천(禹餘天). 대적천(大赤天)을 가리
키는데, 높은 하늘이라는 뜻으로도 썼다.

스님의 시축에 쓰다

題僧軸

집 떠난 지 여러 날 동안 산으로 다니다보니
꽃가지에 남은 봄이 많지 않구나.
오직 봄을 아끼는 한없는 마음이 있어
억지로 병든 몸 일으켜 남은 꽃을 꺾네.

離家數日行山路、　　　春在花枝亦不多。
唯有惜春無限意、　　　强扶衰病折殘花。

한양에 들렀다가

洛陽有感

1.

좋은 자리의 높은 벼슬아치들 곳곳에서 만나는데
수레는 물같이 흘러가고 말도 마치 용과 같구나.
장안의 길 위에서 이따금 머리를 돌리니
그대들의 집이 곁에 있지만 아홉 겹이나 닫혀 있더라.

好爵高官處處逢。　　　車如流水馬如龍。
長安陌上時回首、　　　咫尺君門隔九重。

2.

성채는 들쑥날쑥 큰 집들이 잇달았는데
권문세가의 풍류 소리가 구름과 연기를 흔드는구나.
패릉교 위에서 나귀를 탄 나그네가
양양의 맹호연 혼자만은 아닐 것일세.

城闕參差甲第連。　　　五侯歌管沸雲煙。
灞陵橋上騎驢客、　　　不獨襄陽孟浩然。

동쪽 교외로 허미숙[1]을 찾아가다

東郊訪許美叔

밭 사이로 말채찍하며 가노라니 길이 평탄치 않아
시내 건너 정자에서 봄갈이 농부에게 물었네.
만난 뒤에도 저마다 얼굴 변해서
이십년 전의 옛 이름을 대야 알았네.

策馬田間路不平。　　隔溪亭樹問春耕。
相逢各自容顔改、　　二十年前舊姓名。

■
1) 허균의 작은형인 허봉(許篈, 1551~1583)의 자가 미숙인데, 손곡 이달과
　가깝게 지냈다. 허균에게 손곡을 스승으로 추천한 사람도 허봉이었다.
　1585년 갑산에서 유배가 풀린 뒤에도 서울로 돌아오지 못하고 백운산,
　인천, 춘천 등지로 떠돌아 다녔다.

무산가는 길에서 비를 만나
巫山途中逢雨感懷

높은 나무숲 푸른 봉우리 석양이 둘렸는데
무산¹⁾ 가는 길을 필마로 돌아드네.
신녀는 벌써 아시는가, 시인이 오는 줄을
짐짓 비를 뿌려 나그네 옷을 젖게 하네.

高林蒼巘帶斜暉。　　路繞巫山匹馬歸。
神女已知詞客至、　　故教行雨濕征衣。

■

1) 예전에 선왕(先王: 초나라 회왕)이 한번은 고당(高唐)에 놀러 갔다가 나른
   해져서 낮잠을 자는데, 꿈에 한 부인이 나타나서 말하였다. "첩은 무산의
   선녀인데 고당의 나그네가 되었습니다. 임금께서 고당에 놀러 오셨다는
   소식을 들었으니 잠자리를 모시고 싶습니다." 왕이 그래서 그를 사랑하
   자, 그 선녀가 떠나면서 말하였다. "첩은 무산의 남쪽, 고구의 험한 산에
   있습니다. 아침에는 구름이 되고 저녁에는 비가 되어, 아침저녁마다 양대
   아래에 있겠습니다." - 송옥(宋玉) 〈고당부(高唐賦)〉

돌산 샘물로 차를 달이며

次僧軸韻

동자가 물병을 들고 가 정화수를 길어 왔네.
돌산 샘물 맛을 사람들에게 자랑하네.
잠깐 사이 화로에 불을 지펴서,
향등을 마주하고 앉아 외로이 차를 달이네.

童子持瓶汲井華。　　石山泉味向人誇。
須臾手撥爐中火、　　坐對香燈獨煮茶。

강가를 따라
江行

강가를 따라 십리길
지는 꽃 밟느라 말발굽 향그러워라.
부질없이 산천을 쏘다닌다 말하지 말게
새로운 시 얻어 비단 주머니에[1] 가득하다네.

路繞江干十里長。　　落花穿破馬蹄香。
湖山莫道空來往、　　贏得新詩滿錦囊。

■
1) 당나라 시인 이하(李賀)가 밖에 나갈 때마다 말을 타고서 종에게 낡은 비
단 주머니를 들고 따라오게 한 다음, 좋은 시 구절이 떠오를 때마다 써서
주머니에 넣었다.

죽은 아내를 그리워하며
悼亡

화장대엔 거미줄, 거울엔 먼지.
문 닫힌 뜨락 복사꽃, 봄 더욱 쓸쓸해라.
작은 다락 옛 그대로 달빛 속에 있건만
주렴 걷는 이 누구인지 모르겠구나.

粧奩蟲網鏡生塵。　　　門掩桃花寂寞春。
依舊小樓明月在、　　　不知誰是捲簾人。

■
* 소동파가 이런 시를 지었다.

　　쓸쓸한 강가 모래밭엔/ 십리 가득 봄빛이 깔렸는데
　　한 번 꽃이 늙어지면/ 다시 한 번 새로 핀다네.
　　작은 다락은 옛날 그대로/ 저무는 햇빛 속에 있지만
　　그때에 춤추던 사람/ 다시는 볼 수 없구나.

손곡이 지은 〈도망시(悼亡詩)〉도 또한 소동파의 시어를 본받았는데, 그 시는 이렇다. (위의 시에서 처음 네 글자가 다르게 인용되었다. '비단 장막엔 향내가 스러지고[羅幃香盡]'의 그 아래는 같기에 생략한다.) 손곡의 시가 너무 아름답고 정을 끌기에, 옛 사람의 말을 빌어다 쓴 것도 깨닫지 못하였다. - 허균《학산초담》

운을 부르다
呼韻

날이 맑아 굽은 난간에 오랫동안 앉아 있었지만,
겹문까지 닫아걸고 시도 짓지 않네.
담 구석의 작은 매화가 바람에 다 떨어지니,
봄빛은 살구꽃 가지 위로 옮겨 가는구나.

曲闌晴日坐多時。　　　閉却重門不賦詩。
牆角小梅風落盡、　　　春心移上杏花枝。

■

* 손곡 이달은 젊었을 때에 하곡(荷谷) 허봉(許篈)과 더불어 서로 가깝게 지
냈다. 하루는 손곡이 하곡의 집으로 찾아갔는데, 마침 하곡의 동생인 교
산 허균이 와 있었다. 교산은 익지를 곁눈질로 잠시 훑어보고는, 예의도
제대로 갖추지 않고 시에 대하여 제멋대로 이야기하였다. 그래서 그의 형
인 하곡이 말하였다.
"시인이 이 자리에 와 있는데, 자네는 일찍이 이 사람의 이름을 들어보지
도 못하였는가? 청컨대, 자네를 위하여 시를 한 편 지어보리라."
하곡이 즉시 운을 불렀는데, 익지가 곧 이에 응하여 하나의 절구를 지었
다. …(위의 시 낙구)… 교산은 얼굴빛을 고치고, 깜짝 놀라 일어나서 머리
를 굽히고 사죄하였다. 그리고는 시로써 벗을 맺었다. - 홍만종《소화시
평》권상

불을 얻으려고
乞火

백마강 나루터에 나루지기가 살아,
이엉으로 지붕 엮고 강 모퉁이에 숨어 지내네.
길 가던 사람이 불 얻으려고 고기잡이 집을 두드려도,
대 울타리에 눈이 쌓인 채로 문도 열어보지 않네.

白馬津邊津吏住、　　　縛茅編屋隱江隈。
行人乞火扣漁戶、　　　雪壓竹籬門不開。

장사 태수의 능양 유거 사시에 쓰다
題長沙倅綾陽幽居四時

2. 봄
이월이라 강에는 봄물이 퍼졌는데
눈처럼 흰 모래밭에 갈대싹이 돋아나네.
물살 따라 복어가 올라온다고 아이들이 급히 알리자
배꼬리에 그물 치고 강둑 따라 저어가네.

二月春江春水平。　　　江沙如雪荻芽生。
兒童急報河豚上、　　　船尾持罾傍岸行。

4. 여름
마을 남쪽 북쪽에 비가 방금 개어
집 아래 참외밭을 내가 손수 매었네.
깊은 골목 긴 하루 동안 아무런 할 일이 없어
나무 그늘에 평상을 옮겨 놓고 아이에게 글 읽히네.

村南村北雨晴初。　　　舍下爪田手自鋤。
深巷日長無箇事、　　　樹陰移榻課兒書。

5. 가을

연주산 아래로 큰 강물이 흘러가고
강 위의 겹겹 산봉우리는 담쟁이로 단풍들었네.
모랫둑 안에서 벼를 베는 마을길은 멀기만 한데
숲 저편 고기 낚는 배에서 말소리가 들리네.

聯珠山下大江流。　　　江上層巒薜蘿秋。
沙岸刈禾村路遠、　　　隔林人語釣魚舟。

7. 겨울

강마을에 눈 내린 뒤에 사립문은 닫히고,
차가운 연기 성긴 숲엔 참새마저 드물어라.
늙은이는 화롯가에 앉아 이따금 손을 쬐며
옷솜 두는 아낙네를 웃으며 바라보네.

江村雪後掩柴扉。　　　煙冷疏林鳥雀稀。
老子當爐時煖手、　　　笑看中婦絮寒衣。

두산현에서 비바람 치는 밤의 감회

杜山縣夜風雨感懷

어둡고 외로운 성에 한밤중 비바람 쳐
성의 나무 울부짖는 바람에 잎새마다 소리 지르네.
가지에 잠들었던 새, 둥우리 흔들리자
어지러이 떼 지어 날며 빗속에서 울어대네.

三更風雨暗孤城。　　城樹風號葉葉聲。
枝上宿禽棲不定、　　亂群飛起雨中鳴。

길을 가다 손곡의 집을 생각하며
路中憶蓀谷莊示孤竹

집 가까이 푸른 시내에는 외나무로 다리를 놓았지.
다리 끝의 버드나무는 여린 가지가 간들거렸지.
양지쪽에는 햇볕 따뜻이 들어 남은 눈도 녹았겠네.
아마도 잔디 뜨락엔 작약 싹이 자라고 있겠지.

家近靑溪獨木橋。　　橋邊楊柳弄輕條。
陽坡日暖消殘雪、　　料得莎階長藥苗。

꽃을 보며 늙음을 탄식하다
對花歎老

봄바람도 또한 공평치 않아
온갖 나무 꽃 피워도 사람만은 혼자 늙게 하네.
억지로 꽃가지 꺾어 흰 머리에 꽂아 보았지만
흰 머리와 꽃은 서로 어울리지 않는구나.

東風亦是無公道。　　萬樹花開人獨老。
強折花枝揷白頭、　　白頭不與花相好。

새하곡을 지어 병마절도사 유형에게 주다

塞下曲贈柳摠戎

2.

하룻밤 된서리에 황야의 풀은 시들었는데
호강교위 새롭게 전쟁터로 돌아왔네.
종창에 피가 솟구치는데다 가을 기운을 만나니
고향 바라보며 슬피 울다 갑옷 채로 누웠네.

一夜繁霜磧草腓。　　　護羌校尉戰新歸。
金瘡血迸逢秋氣、　　　哭望南雲臥鐵衣。

■
* 제목의 유총융(柳摠戎)은 당시에 병마절도사를 지내던 유형(柳珩,
1566~1615)인데, 손곡의 친구인 최경창의 외오촌조카이다. 자는 사온
(士溫)이고, 호는 석담(石潭)인데, 손곡에게 시를 배웠다. 충무공과 함께
싸우면서 많은 공을 세워, 삼도통제사를 거쳐 황해병사로 재임 중에 죽
었다.
　〈새하곡〉은 변방의 괴로움이나 서글픔을 그리는《악부》의 노래이다. 당나
라 때에 〈출새곡(出塞曲)〉·〈입새곡(入塞曲)〉 등의 변형으로 많이 지어졌
다. 이달은 〈출새곡〉 3수와 〈입새곡〉 2수를 지었다.

기생들 공동묘지를 찾아서

모란봉 밑에 있는 선연동에는
미인들 묻혀 있어 풀빛 언제나 봄 같아라.
신선의 환술을 빌릴 수만 있다면
그 옛날 가장 아름답던 이를 불러일으킬 수 있으련만.

牧丹峯下嬋娟洞、　　　洞裏埋香草自春。
若爲借得仙翁術、　　　喚起當年第一人。

■

* 선연동은 평양 북쪽에 있는데, 예부터 기생들의 무덤이 첩첩이 쌓여 있었다. 옛 사람이 이르기를, "선연동 속의 혼이 되기를 바라나이다"라고 했는데, 손곡 이달이 서경에서 놀러 다니다가 선연동을 지나게 되었다. 때마침 메꽃은 바람에 흔들리고, 물기 머금은 구름은 꿈같이 둘러 있어서, 이리저리 돌아다니다가 슬픈 마음에서 시 한 절구를 지었다. (…위의 시…)
시 읊기를 마치고 여관에 취하여 누웠는데, 빛나는 옷을 입고 단장한 여러 기생들이 부드럽게 걸어와서 상투를 안으며 말하였다. "첩들은 선연동 속의 사람입니다. 지난밤에는 은혜를 베푸시어, 귀하신 님께서 찾아주셨습니다. 숨어살던 귀신들이 빛을 얻어, 진중하게 감사드립니다." 새벽 종소리가 침상에 들려오기에 이달이 놀라서 깨어 보니, 한갓 꿈이었다. 이튿날 이달이 선연동에 들어가서 차와 술을 그들에게 바치고는, 시를 지어 그들을 모셨다.

> 추연의 풍류가 아니더라도
> 그윽한 골짜기의 봄을 돌이킬 수 있다오.
> 향기로운 혼이 아직도 옛 모습 비슷하니
> 그 옛날의 이부인을 오늘 다시 뵙는구려.
> ─ 이덕무《청비록(淸脾錄)》

기생 옥하선에게

머리는 빗자루 같고 빛깔은 은처럼 희끗한 게,
말없이 가만히 앉아 있으니 마치 귀신과 같구나.
비단옷을 온몸에 걸쳤어도 빌려 입은 것 같아
끝내는 곽충륜에게나 시집을 가게 되리라.

---

* 당나라의 시인 장우(張祐)와 최애(崔涯)는 기생의 집에다 시를 써서 주었
  는데, 그 기생을 칭찬했으면 그 집 앞은 수레들이 들끓었고, 그 기생을 비
  웃었으면 손님이 끊어졌다. 신종호(申從護) 선생이 기생 상림춘(上林春)
  에게 시를 지어 주었다.

  > 다섯 번째 다리 옆에는 연기 긴 수양버들이 비껴 서 있는데,
  > 느지막이 불어오는 바람과 햇볕이 도리어 맑고도 부드럽구나.
  > 누르스름한 발 속에 앉은 열두 사람 구슬과 같이 예쁜데,
  > 궁궐의 글 짓는 신하는 말 가는 대로 타고서 지나가네.

  第五橋頭煙柳斜。　晩來風日轉清和。
  緗簾十二人如玉、　青瑣詞臣信馬過。

  이로 인하여 기생의 값이 열 배가 뛰어올랐다. 이익지는 기생 옥하선(玉
  河仙)을 조롱하여 위의 시를 지었다.
  충륜은 부자였지만, 장님이었다. 이 기생은 본래 이름이 있었지만, 익지가
  이 시를 지은 뒤로는 문 앞에 사람들의 발길이 딱 끊어졌다. 똑같이 이름
  난 기생이었지만, 시 하나로 그 값을 올리기도 하고 내리기도 했다. 어찌
  기생뿐이겠는가? 무릇 선비도 또한 이와 같다. ─ 허균《학산초담》

頭如刷箒色如銀。　　黙坐無言似鬼神。
遍體綺羅疑借著、　　只宜終嫁郭忠輪。

낙화

落花

짙은 꽃잎 여린 꽃잎 시름에 잠겨 있다가,
좁은 뜨락으로 한꺼번에 다 떨어지네.
푸른 이끼 위에 남아 있는 것만 같지 못하니,
바람이 불면 여기저기로 흩날릴 걸세.

惆悵深紅更淺紅。　　一時零落小庭中。
不如留著靑苔上、　　猶勝風吹西復東。

* 《손곡집》에는 이 시가 실려 있지 않지만, 허균이 지은 《학산초담》89에는
이 시가 〈감회(感懷)〉·〈도룡진(渡龍津)〉과 함께 이달의 시로 실려 있다.

부록

蓀谷
李達

스승 손곡의 이야기

손곡산인 이달의 자는 익지(益之)이니, 쌍매당(雙梅堂) 이첨(李詹)[1]의 후손이다. 그의 어머니가 미천한 기생이었으므로, 세상에 쓰이지 못하였다. 원주 손곡에 살면서, 그것으로 호를 삼았다.

이달은 젊었을 때에 벌써 읽지 못한 글이 없었고, 지은 글도 매우 많았다. 한때 한리학관(漢吏學官)이 되었으나, 뜻에 맞지 않는 일이 있어서 벼슬을 버리고 떠났다.

고죽 최경창[2]·옥봉 백광훈[3]과 함께 놀며, 몹시 기뻐하여 시사(詩社)를 맺었다. 그 무렵 그는 소동파의 시를 본받아서 그 뼛속까지 터득하였으므로, 한번 붓을 들면 곧 몇 백 편을 지었는데 모두들 아름답고 풍부해서 읊을 만하였다.

하루는 사암(思菴)[4] 상공이 이달에게 이르기를, "시의 도는

---

1) 고려 말·조선 초의 문장가. 1345~1405. 본관은 신평(新平).《동문선》에 그의 시와 문장 1백 30여 편이 실려 있고, 소설《저생전(楮生傳)》이 남아 있다.
2) 자(字)는 가운. 1530~1583. 영암 출신, 28세에 문과 급제하여 종성부사를 지냈다. 풍류에 바탕을 두어 낭만적인 시를 썼는데,《고죽집(孤竹集)》이 전한다.
3) 자는 창경(彰卿). 1537~1582. 본관은 해미(海美). 28세에 진사가 되었으나, 벼슬에 뜻을 버리고 시와 서예로 스스로 즐겼다. 이정귀는 그를 당나라 천재시인 이하(李賀)에 비겼다.《옥봉집》이 전한다.
4) 박순(朴淳: 1523~1589). 서경덕의 문인. 문과에 장원한 뒤 대제학을 거쳐

마땅히 당으로써 으뜸을 삼아야 한다네. 소동파가 비록 호방하기는 하지만, 벌써 2류로 떨어진 것일세."라고 충고하면서, 곧 책시렁 위에 꽂힌 이태백의 악부(樂府)·가(歌)·음(吟) 등과 왕유·맹호연의 근체시(近體詩)를 뽑아 보여 주었다. 이달은 깜짝 놀라서, 시의 바른 법도가 여기에 있음을 그제야 깨달았다.

그는 앞서 배웠던 것들을 모두 내버리고 옛날에 은거했던 손곡의 집으로 돌아왔다.《문선(文選)》[5]·《이태백집》과 성당 십이가(十二家)[6]의 글, 유우석(劉禹錫)·위응물(韋應物) 및 양백겸(楊伯謙)[7]의《당음(唐音)》등을 가져다가 엎드려서 외웠다. 밤을 낮 삼아, 무릎이 자리에서 떠나지 않기를 다섯 해나 계속했다.

어느 날 갑자기 마음이 밝아져서 마치 무엇을 깨달은 듯싶었다. 그래서 시를 지어 보았더니, 시어가 매우 맑고도 적절해서, 옛날의 모습을 깨끗하게 씻어 버렸다. 곧 여러 시인들의 체를 본받아서 장단편(長短篇)[8]과 율시·절구 등을 지었다.

■

영의정에 올랐다. 박상·임제 등과 함께 호남 계통의 시인이었는데,《사암집》이 전한다.

5) 양(梁) 소명태자 소통(蕭統)이 엮은 고시문선집(古詩文選集).

6) 훌륭한 시인들이 많이 나와서 문학이 가장 번성했던 당나라 개원(開元)부터 대력(大曆) 시대까지를 성당(盛唐)이라고 한다. 그 가운데서도 왕유·맹호연·이백·두보·잠삼·고적 등 12명의 시인을 이른다.

7) 원나라의 문인 양사굉(楊士宏). 백겸은 그의 자.

8) 한시 형태에 있어서 비정형시(非定型詩).

그는 시를 지을 때에 말 한마디까지도 갈았으며, 글자 하나까지도 닦았다. 또한 소리와 율까지도 알맞게 갈고 닦았다. 법도에 알맞지 않은 것이 있으면, 달이 가고 해가 가더라도 고치기를 계속했다.

이렇게 하여서 열댓 편이 지어지면, 그제야 여러 시인들 앞에다 내어놓고 읊어 보였다. 그들은 모두들 기이하다고 감탄하였고, 최고죽과 백옥봉까지도 "그를 따를 수 없다"고 말했다. 제봉(霽峰)⁹⁾과 하곡¹⁰⁾처럼 시를 잘 짓는다고 일세에 이름이 난 대가들도 그를 성당(盛唐)이라고 치켜세웠다.

그의 시는 맑고도 새로웠고, 아담하고도 고왔다. 그 가운데 높이 이른 시는 왕유·맹호연·고적(高適)·잠삼(岑參) 등의 경지에 드나들면서, 유우석·전기(錢起)의 풍운을 잃지 않았다. 신라·고려 때로부터 당나라의 시를 배운 이들이 모두 그를 따르지 못하였다. 이는 참으로 사암 상공이 고무시켜 준 힘 때문이었으니, 마치 진섭(陳涉)¹¹⁾이 한고제(漢高帝)¹²⁾의 길을 열어준 것과 같았다.

■

9) 고경명(高敬命: 1533~1592). 제봉은 그의 호. 26살에 문과에 급제하고 동래 부사까지 지내다가, 59살에 정계에서 밀려났다. 이듬해에 임진란이 일어나자, 고향에서 의병을 일으켜 왜군과 싸우다 금산에서 죽었다.
10) 허균의 작은 형. 허봉.
11) 진시황의 폭정을 반대하여 최초로 반기를 든 사람 가운데 하나.

이달의 이름은 이로부터 우리나라를 흔들었다. 그래서 그의 시는 귀중하게 여기었지만, 그 사람은 버리고 쓰지 않았다. 끝까지 그를 칭찬한 이들은 오직 문단의 대가들 서넛뿐이었고, 속인들 가운데 그를 미워하고 질투하는 자들은 숲처럼 늘어서 있었다. 여러 차례 그를 더럽히고 모욕하며 형망(刑網)에 얽어매었으나, 끝내 그를 죽여서 그 이름을 빼앗지는 못하였다.

달의 얼굴이 단아하지 못한데다가 성격이 또한 호탕하여 절제하지 않았고, 게다가 세속의 예법을 익히지 않았으므로 당시 사람들에게 미움을 입었다. 그는 고금의 모든 일과 자연의 아름다운 경치를 이야기하기 즐겼으며, 술을 사랑하였다. 글씨는 진체(晉體)[13]에 능하였다.

그의 마음은 가운데가 텅 비어서 아무런 한계가 없었으며, 살림살이를 돌보지 않았다. 어떤 사람들은 이러한 성품 때문에 그를 사랑하기도 하였다. 그는 평생토록 몸 붙일 곳도 없이 떠돌아다니며 사방에 비렁뱅이 노릇을 했으므로, 많은 사람들이 그를 천하게 여겼다. 그리하여 가난과 곤액 속에서 늙었으니, 이는 참으로 그의 시 때문인 것 같다. 그러나 그의 몸은 곤궁했지만 그의 시는 썩지 않을 것이다. 어찌 한때의 부

■
12) 서한(西漢)의 제1대 임금인 유방(劉邦). 고제는 그의 시호.
13) 진나라 왕희지(王羲之)의 서체.

귀로써 그 이름을 바꿀 수 있으리요. 그가 지은 글들이 거의 다 없어져 버렸기에, 내가 모아서 네 권으로 엮어 뒷세상에 전하려 한다.[14]

외사씨(外史氏)는 이렇게 평했다. "태사 주지번이 앞서 이달의 시를 읽다가 〈만랑무가(漫浪舞歌)〉에 이르러서 무릎을 치며, '이 작품이야말로 이태백에게다 견준다 하더라도 어찌 뒤떨어지겠는가'라고 감탄하였다. 석주 권필은 그가 지은 〈반죽원(班竹怨)〉을 보고, '이것을 《청련집(靑蓮集)》[15] 가운데 넣는다면, 아무리 안목이 높은 자라도 쉽게 가려내지는 못하리라' 하였다. 이 두 사람이 어찌 망령된 말을 하였겠는가.

아아, 이달의 시야말로 정말 기이하여라."

- 허균 《성소부부고》 권8 〈손곡산인전(蓀谷山人傳)〉

■

14) 허균이 스승 손곡의 시집을 엮은 것은 두 차례다. 《손곡집》에 덧붙인 그의 머리말에 의하면, 처음 스승이 죽은 뒤 그의 시가 남아 전하지 않게 됨을 아까워하여, 평일에 외워 두었던 시를 모으니 2백여 편이 되었다고 한다. 이것이 여기서 말한 4권이다.

그 뒤 홍유경(洪有炯)과 이재영(李再榮)의 도움으로 1백 30여 편을 덧붙여서, 다시 갈래를 나누어 6권의 시집을 이루었다. 현재 전하는 《손곡집》은 1책 6권인데, 3백 8편의 제목 아래 3백 69편의 시가 실려 있다. 허균이 《손곡집》에다 머리말을 지어 붙인 것은 1618년이었으니, 바로 허균 그가 죽음을 당하던 해였다.

15) 이태백 문집의 별칭.

한과 슬픔의 시인 손곡 이달

1. 삶과 배움

손곡 이달은 자(字)가 익지(益之)니 고려의 문장가 쌍매당 이첨(雙梅堂 李詹)의 후손으로 부친인 부정 이수함(副正 李秀咸)이 홍주 관기를 통해 그를 낳았기에, 서얼이라는 신분적 한계 때문에 뛰어난 시적 재능에도 불구하고 널리 세상에 쓰이지 못하였다. 원주 손곡리(지금의 강원도 원성군 부론면)에 한동안 묻혀 살았기에 호를 손곡이라 하였고, 이외에도 서담(西潭)·동리(東里) 등의 호가 있었다.

그의 삶에 대해서는 허균이 자신의 스승이었던 손곡을 기리어 지은 〈손곡산인전〉에 그나마 자세히 나와 있을 뿐, 그밖에는 〈성수시화〉, 《학산초담》, 그리고 여타 후대의 사화들에 언급이 있을 뿐이다.

그의 생애는 1539년(중종 34)-1612년(광해군 4)으로 근래의 연구자들에 의해 추정되고 있으며, 지금 전하는 《손곡집》은 그의 제자인 허균이 평소에 기억하던 시편들을 모아 6권 1책으로 정리 편찬하였음을 《손곡집》 서문에서 밝히고 있다 (1618). 후에 당시 경주부윤이었던 허요수가 임상원(任相元)의 서문을 받아 중간하였는데(1693), 지금 전해지는 것은 대부분이 중간본으로 360여 수가 전한다.

손곡은 후대의 비평가들에 의해 고죽 최경창(孤竹 崔慶昌), 옥봉 백광훈(玉峯 白光勳) 등과 함께 삼당시인(三唐詩人)이라 일컬어지는데, 이는 한시의 최고 경지라 인정되는 중국 당나라 때의 시들을 배워 그에 버금가는 좋은 시를 지었던 시인들이란 뜻이다.

손곡이 애초부터 당시(唐詩)를 배운 것은 아니었다. 당시 조선의 문단에서는 주자학적 문학관의 송시(宋詩)를 배우기에 힘썼는데, 그러한 문학 풍조 속에서 손곡도 소동파(蘇東坡)를 배웠다. 그러다가 후에 호음 정사룡(湖陰 鄭士龍), 사암 박순(思菴 朴淳)의 가르침과 충고, 그리고 최·백과의 교류 등으로 학당(學堂)의 길로 접어들게 된 것이다.

당시는 또한 사화와 당쟁, 그리고 임진란의 참화까지 겹친 어두운 시대였고, 그에 비추어 지식인들 사이에서는 옛것을 회복하고 과거로 돌아가자는 복고주의가 일어나게 되어 논리적이고 주지적인 송풍(宋風)을 떠나 인간 감정의 자연스런 발로를 주장하는 당풍(唐風)으로 기울어가는 일대 문예 변혁기였다. 이때를 일컬어 문학사가들은 목릉성세(穆陵盛世)라는 칭호로써 당시의 문예부흥을 가늠하고 있으니, 이 목릉성세를 대표하는 사람들이 바로 삼당시인들이었다.

이미 골수에 박힌 송시의 뿌리를 들어내고 새로이 당풍을 본받으려고 하는 것이 그리 쉬운 일이 아니었다. 그래서 밤잠을 자지 않고 무릎을 방바닥에서 떼지 않고 5, 6년을 익히다가 문득 깨닫고는 시를 지었더니 시어가 매우 맑고 적절해서 옛 모습을 찾을 수 없었으니, 그의 당시를 배우고자 하는 노력은 뼈를 깎는 고통이었다.

그리하여 누구도 따를 수 없는 시적 경지로 나아가서 그의 이름은 온 나라에 자자했다. 그러나 신분적 한계로 인하여 잠시 한리학관의 벼슬을 했으나 오래 머물지 못하였다. 조선시대 신분 구조 속에서 자신의 재능이 만족할 만한 지위를 보장해 주지 않음을 알게 되자, 그는 세속을 벗어나 방랑과 유리를 하면서 오로지 시로써 위안을 삼고 시로써 자신을 표현하게 되었다.

손곡의 삶의 주변에 위치했던 두드러진 인물들은 정사룡, 박순 외에도 이산해, 윤근수, 이이, 이황 등의 중신들, 고경명, 유형, 양사언, 임제, 정지승, 한호, 송상현, 정문부, 양대박 등의 무인·기사, 그리고 각 고을의 지방관, 스님, 약사, 기생에 이르기까지 다양하고 긴밀한 관계를 지녔다.

특히 최·백과의 교제와 허씨 가문의 자녀들과의 관계가 두드러지는데, 허균과 허난설헌은 손곡을 스승으로 삼아 시를 배워 뛰어난 재주를 보여준다.

2. 방랑과 이별

손곡 시의 주된 정조는 한애(恨哀)이다. 이는 주로 전쟁과 가난, 그리고 헤어짐을 겪으며 슬프고 고통스런 현실을 떠돌며 지은 시들에서 보인다. 그의 생애 중 역사적으로 가장 커다란 사건이 있다면 1592년의 임진란이었을 것이다. 국토는 황폐화되고 백성들은 곤궁하였으며 이리저리 떠돌아다니는 삶을 누려야 했는데, 손곡도 예외는 아니어서 자신의 유리(流離)의 비애와 백성들이 전쟁과 가난으로 인한 고통을 그는 시로 읊어내고 있다. 〈예맥요(刈麥謠)〉 〈습수요(拾穗謠)〉 〈이가요(移家謠)〉 등에서 그는 가난에 고통 받고 전란으로 쓰라린 백성들의 모습을 침착하게 그려내고 있다.

시골집의 젊은 아낙은 / 저녁거리 없어서,
빗속에 나가 보리를 베어 / 숲속으로 돌아오네.
생나무는 축축해서 / 불길도 일지 않는데,
문에 들어서니 어린애들은 / 옷자락을 잡으며 우는구나.

밭 사이에서 이삭을 줍는 / 시골 애들의 말이,
한나절 부지런했지만 / 한 바구니도 차지 못했다네.
올해엔 벼를 베는 사람들 / 또한 교묘해져서,
이삭 하나 남기지 않고 / 관청에다가 바친다더라.

늙은이는 솥을 지고 / 숲속으로 사라졌는데,

할미는 어린앨 끌고 / 따라가질 못하는구나.
사람들 만날 때마다 / 집 떠난 괴로움을 하소연하는데,
여섯 해 동안 종군하느라고 / 애비 자식마저 헤어졌다네.

그가 부딪친 현실이 이토록 처참하고 고통스러운 것은, 자신의 신분적 한계를 다시금 느끼고 괴로워하면서 뚜렷이 부각되는 모습으로 사회에 용납되지 않는 자신을 현실과의 거리감 속에서 표현하고 있기 때문이다. 〈낙양유감(洛陽有感)〉은 〈낙화(落花)〉〈도룡진(渡龍津)〉과 함께 허균이 "그 뜻이 매우 슬프니 참으로 때를 만나지 못한 사람의 글이다"라고 하였듯이, 현실에서 소외된 쇠락한 자신을 서글퍼하고 있다.

좋은 자리의 높은 벼슬아치들 / 곳곳에서 만나는데
수레는 물같이 흘러가고 / 말도 마치 용과 같구나.
장안의 길 위에서 / 헛되이 머리를 돌리니
그대의 집이 곁에 있지만 / 아홉 겹이나 닫혀 있더라.

성채는 들쑥날쑥 / 큰 집들이 잇달았는데
권문세가의 풍류 소리가 / 구름과 연기를 흔드는구나.
패릉교 위에서 / 나귀를 탄 나그네가
양양의 맹호연 / 혼자만은 아닐 것일세.

때를 만나지 못해 불우했던 맹호연에게 자신을 견주며, 과거시험을 볼 수 없는 자신의 신세와는 정도의 차이는 있으나 동병상련으로 가여워하는 서글픔이 드러나고 있다. 슬픈 운명을 보듬고서 허허로운 방랑의 길을 떠나서 속세의 부침(浮沈)을 아랑곳하지 않으려는 그의 마음에 또 하나 괴로운 것이 있다면, 절친하고 그를 이해해 주는 사람들과의 이별로 인하여 느끼는 슬픔이다. 〈별이예장(別李禮長)〉은 봄기운 무르녹는 강릉 땅에서 친구를 서울로 떠나보내며 그 서글픈 정회를 읊어서 허균도 "외로운 감정을 뛰어나게 보인다"고 칭찬한 시로, 여러 사람의 입에 오르내린 손곡의 대표작이다.

오동 꽃잎은 밤안개 속으로 떨어지고
바닷가 나무 위엔 봄구름만 떠 있구나.
풀밭에서 한 잔 술로 헤어지지만
서울 가는 길목에서 다시 만나겠지.

너무도 헤어짐에 익숙한 손곡인지라 이별하는 두 사람의 슬픈 감정을 위로하듯 결구하는 위의 시는 아쉬움과 서글픔을 극한에까지 끌어올린 응집력을 보인다. 신분적인 약점을 괴로워하며 속세를 떠나 방랑하는 손곡에게는 비록 자신이 현실적으로는 그토록 비참하고 고달픈 모습이긴 했으나, 그의 가슴 속에는 시인으로서의 대단한 자부심을 지녔다. 오로지 시명(詩名)을 획득하여 자아를 실현하는 것만이 그가 이 세상에서 자기의 빛을 발휘하는 유일한 길이라 여겼으리라.

좌절감과 소외감, 그리고 남아의 이루지 못한 포부를 보상해 주는 것이 시였으니 〈강행(江行)〉 〈사근상인(謝勤上人)〉 등에서 "산하를 헛되이 왕래한다 탓하지 마오. 보잘 것 없으나마 새로운 시 얻어 비단주머니에 가득하다오.""백 가지 계획으로 생을 도모했으나 상책이 없으니 몇 편 시로 번민을 물리치고 글씨를 쓴다"라고 말함으로써 그의 삶의 궁극적 목표가 시에 있음을 드러내고 있다. 〈상사암상공(上思菴相公)〉과 〈상귀성임명부(上龜城林明府)〉에서는 자신의 시적 재능에 대한 자부심을 강하게 보여준다.

3. 탈속의 선계(仙界) 지향

불우한 자신을 딛고 그는 차츰 신선계로의 초월한 삶을 누리려는 정신세계를 보여준다. 자기 세계와 상충이 불가피한 인간에게는 자기 고뇌의 해결장으로써 초현실적인 별세계를 추구하는 것은 만인 공통의 의식으로, 손곡은 산수전원으로 돌아가 자연 속에 몰입하여 개인적 화평을 구하며 안주하는 단계를 넘어서면서 완전히 현실을 떠난 초탈의 세계를 찾는다.

자신의 숙명적인 모순 속에서 적극적인 의지를 가지고 신선 세계를 찾음으로써, 자신을 신선화하고 그 속에서 유유히 노님으로써 고뇌를 해결하고 있다. 그림을 보고 쓴 〈화학(畫鶴)〉에서는 자신의 모습을 고고한 탈속의 이미지를 지닌 학에다 비기면서 자기 자신에 대한 인식을 구체화하고 있다.

　　외로운 학 한 마리 먼 하늘을 바라보며,
　　밤도 차가운데 한 발을 들고 섰네.
　　서녁 바람이 차갑게 대나무 숲에 불어와,
　　몸에는 가득 가을 이슬로 적셨구나.

자신의 자화상이라고 일컬어지는 위의 시에서, 그는 자신이 지향하고자 하는 신선 세계를 학이 지향하는 것과 일치시키고 있다. 한 발마저 땅에서 뗀 채 보다 멀리 그리고 높게 날아오르려는 학의 모습에서 손곡은 자신의 모습을 찾고 있는 것이다. 절이나 스님의 세계를 그린 시편들에서도 현실과는 떨어진 별세계의 모습을 드러낸다.

　　산이 흰 구름 속에 있어
　　흰 구름을 중은 쓸지 않네.
　　나그네가 왔기에 비로소 문 열고 보니

골짜기마다 솔꽃 가루만 흩날리네.

  풍경 묘사 그 자체만 가지고도 스님의 높은 수도 경지와 세속을 절연한 무애의 지경을 암유하고 있는 이 〈불일암증인운석(佛日菴贈因雲釋)〉은 〈산사(山寺)〉라는 제목으로 많은 이의 입에 오르내린 걸작이라 일컬어진다. 백운으로 상징되는 초월세계와 송화가 암유하는 현실 세계의 양극간에서 스님과 손님의 대립이 나타나는 것이 아니라, 초월 세계에 대한 손님의 동경과 추구, 그리고 현실 세계를 접하고도 아무런 동요조차 보이질 않는 스님의 경지가 동시에 상호 교차되면서 자연스런 융합을 유도해 내고 있다.

  손곡이 동경하는 세계가 또 한 번 작품으로 드러난 경우라 할 것인데, 그 이후의 시에서는 동경과 지향이 아닌 신선 세계에서 노닐고 즐김으로써, 현실에서 눈물과 슬픔, 그리고 한으로 나날을 보낸 손곡이, 이제는 그러한 것들을 정신적으로 극복하고 불우했던 자신을 시적으로 승화시킨다.

  〈보허사(步虛詞)〉 8수는 대표적인 작품으로 이는 당시의 유행 시체였다. 손곡에게서 시를 배운 허균과 허난설헌에게도 많은 편의 이러한 유형의 시들이 보이는데 특히 난설헌의 〈유선사(遊仙詞)〉 87수는 그녀의 대표적인 노래다. 그녀를 선녀(仙女)라 칭한다면 손곡은 선인(仙人), 또는 선동(仙童)이라 아니할 수 없듯이, 그는 일체의 현실적인 속박이 없이 자유로운 세계로 자신을 이끌고 감으로써, 숙명적인 자신의 한계와 현실에서의 한과 슬픔을 잊어갔던 것이다.

原詩題目 찾아보기

옮긴이 **허경진**은 연세대학교 국어국문학과를 졸업하고,
같은 대학원에서 문학박사 학위를 받았다. 목원대학교 국어교육과 교수와
열상고전연구회 회장을 거쳐, 연세대학교 국문과 교수를 역임했다.
《한국의 한시》 총서 외 주요저서로는 《조선위항문학사》, 《허균 평전》,
《허균 시 연구》, 《대전지역 누정문학연구》,
《성호학파의 좌장 소남 윤동규》 등이 있고,
옮긴 책으로는 《연암 박지원 소설집》, 《매천야록》,
《서유견문》, 《삼국유사》, 《택리지》, 《허난설헌 시집》,
《주해 천자문》, 《정일당 강지덕 시집》 등 다수가 있다.

韓國의 漢詩 9
蓀谷 李達 詩選

초   판 1쇄 발행일   1989년 12월 21일
개 정 판 1쇄 발행일   1991년 3월 31일
개정증보판 1쇄 발행일   2022년 7월 5일

옮 긴 이   허경진
만 든 이   이정옥
만 든 곳   평민사
           서울시 은평구 수색로 340 〈202호〉
           전화 : 02) 375-8571
           팩스 : 02) 375-8573
           http://blog.naver.com/pyung1976
           이메일 pyung1976@naver.com
등록번호   25100-2015-000102호
ISBN   978-89-7115-023-8 04810
            978-89-7115-476-2 (set)
정   가   13,000원